WUNDERRAUM

Lesen ist ankommen.

ANGELIKA WALDIS

Ich komme mit

ROMAN

WUNDERRAUM

Für das Leben

Einige Jahre zuvor

»Gott, hast du mich erschreckt!« Sitzt der Junge im Dunkeln in der Waschküche und springt auf, als Vita das Licht anmacht. Also wirklich, was fällt dem ein. Mageres Kerlchen, hat nur eine Unterhose an und ein weißes Tuch um die Schultern. »Was tust du da?« Er deutet mit dem Kopf auf den brummenden Wäschetrockner, und Vita fällt ein, wer er ist: der Junge vom ersten Stock. »Wie heißt du schon wieder?« »Lazar.« Hatte nicht Lazarus, als er auferstand, auch ein weißes Tuch um? Lazar Laval heißt er, und man bekommt ihn kaum je zu sehen, auch seinen Vater nicht. Die beiden wohnen bestimmt schon zwei Jahre da, huschen ein und aus, zwei scheue Vögel. Seine Kleider seien nass geworden, sagt Lazar. An einem strahlenden Märztag? Man habe ihn in den Brunnen geworfen. Wo gibt es denn hier einen Brunnen? »Beim Schulhaus«, sagt Lazar, »hat ein Einhorn drauf.« »Kannst du dir nicht einfach in der Wohnung ein paar trockene Kleider holen?« Lazar schüttelt den Kopf. Das mit dem Brunnen brauche keiner zu wissen. Keiner, das wird wohl sein Vater sein. Jetzt sieht Vita, dass Hefte und Blätter an der Wäscheleine hängen. »Die könnte man bügeln«, sagt sie. »Bügeleisen haben wir nicht«, sagt Lazar. »Soll ich es für dich machen?« »Nein.« Seltsamer Junge, unfreundlich irgendwie. Ist so bleich und nass und tut Vita doch nicht leid. Sie stopft ihre Wäsche in die Maschine. »Dann werd mal schön trocken, Lazar«, sagt sie, macht das Licht wieder aus, steigt die Treppe hoch und überlegt: Als ihr Moritz hier zur Schule ging, gab es da noch keinen Brunnen. Und einen Wäschetrockner wohl auch nicht. Wie lange ist das her? Moritz ist längst ausgewandert. Zeit, Zeit, Zeit. Auch der nasse Junge wird aus der Torstraße verschwinden, wird ein hübscher Student werden, mit einem Mädchen herumschäkern. Geht sie nichts an.

1
Lazy

Elsie lacht, wenn ich sie aufs Ohr küsse. Bei anderen Küssen bleibt sie ernst. Fußsohle, Bauch, Nippel: ernst.

Wenn wir uns lieben, notiert sie das nachher in ihrem Moleskine-Buch: elsielazy mit einem Kreis drum.

»Elsie, ich liebe dich.« »Ich auch«, sagt sie. »Ich meine, ich liebe dich auch.« Sie ist genau.

Wir haben in der ersten Vorlesung nebeneinander gesessen, Zufall. Ein Bleistift fiel ihr runter und rollte in meine Richtung, Zufall. Wir bückten uns gleichzeitig. Unsere Köpfe berührten sich.

Erstes Mal berühren: Montag. Erstes Mal Arm um ihre Schulter legen: Dienstag. Erstes Mal küssen: Mittwoch. Erstes Mal das Ganze: Donnerstag.

So schnell ging das alles. Sie hatte schon mal, ich noch nie. Am liebsten denke ich an den Montag zurück, an das Berühren der Köpfe, Haar an Haar, geduckt unter der Tischplatte. Eine Ladung lautlose Erotik. Rotbraunes Elsie-Haar, buschig wie ein Eichhörnchenschwanz.

Der Titel der Vorlesung war »Die Schatten der Sklaverei im kolonialistischen Denken der Gründerzeit«. Gehört zum

Basismodul 1. Wissenschaftliche Beschäftigung mit Quellen. Zu schreiben ist ein kurzes Referat. Zu schreiben ist eine Schilderung von Elsies Haut, die ist fein, kühl und fest. Herr Professor, stellen Sie sich vor, Sie fahren mit der Fingerspitze über einen frischen Champignon. So fühlt sich die Haut Ihrer Studentin Elsie Lichtenhahn an. Der Duft? Kein Duft. Außer ganz leicht nach Minze. Und übrigens ist sie zart hellbraun.

Wenn wir gehen, hüpft sie. Wenn wir laufen, springt sie. Wenn wir reden, saust sie. Sie sagt »Es ist zwölf, ich habe Hunger, gehen wir essen« in drei Sekunden. Ich brauche dafür fünf. Ich hab es gemessen. Was ich da mache, wollte sie wissen. »Ich messe deine Redegeschwindigkeit.« »Lazy, du bist crazy.« Dafür brauchte sie eineinhalb Sekunden. Sie hat eine Sprungfeder. Sie ist ein Eichhörnchen. Sie ist mein rotbraunes Glück.

Seit sie bei mir ist, bin ich nicht mehr bei mir, ich bin außer mir.

Ich kann es nicht fassen, dass es wahr sein soll.

Liebe.

Fünf Vorlesungen haben wir gemeinsam. Nebenbei schnuppert sie bei den Germanisten. So hat sie das gesagt, und gleich war ich eifersüchtig. Ich hab halb versteckt gewartet, bis die Germanisten aus dem Hörsaal kamen, und hab sie mir angesehen. Da sind durchaus ansehnliche Typen dabei, und zwei, drei sehen bestimmt besser aus als ich – eine gute Sprungzone für ein Eichhörnchen. »Du sollst nicht an den Germanisten schnuppern«, sag ich, »nur an mir.« Elsie lacht. Sie lacht viel. Sie lacht schön. Klingt wie ein leises Klimpern.

»Ich hab bereits geschnuppert«, sagt sie. »Sie riechen nach Muschg und Grass und deutschem Deo.«

»Und ich?«

»Nach Lazy Laval. Nach Lazy Laval Extra Spray.«

Sie will alles wissen. Über mich: Lazar Laval, genannt Lazy. Über Vater und Mutter. Über Geburtsort und Wohnort. Über Kindergarten und Internat. Ich erzähle und erzähle. Ich hab gar nicht gewusst, dass ich so viel über mich weiß. Wenn ich mit Erzählen ins Stocken komme, schubst sie mich wieder an wie einen Reifen, der schwankt, bevor er kippt. Mir fällt wieder ein, woran ich seit Jahren nicht mehr gedacht hab. Das Nachthemd meiner Mutter. Die gelben Finger des Mathelehrers. Der gemeine Sam im Haus Torstraße. Dann sind die Freundinnen dran. Rita. Carla. Elsie will wissen, was ich mit ihnen gemacht hab, wo ich sie getroffen, wo ich sie angefasst hab. Rita war nur in meinen Vorstellungen meine Freundin, ich war dauernd mit ihr im Bett. Mit Carla hab ich mich im Schwimmbad getroffen, einen Sommer lang. Als ich ihr ein Eis holte und es in den Sand fallen ließ, sagte sie »Arschloch«, da hatte ich genug von ihr. Elsie lacht.

Jetzt solle sie mal erzählen, sag ich, aber Elsie weicht aus und schubst mich wieder in meine Erinnerungen, und ich grabe irgendwelche Kleinigkeiten aus. Eine Papierkrone von der Drittklasslehrerin fürs beste Diktat. Ein angerissenes Ohr nach einer Schlägerei im Internat.

Elsie will kein Licht, wenn wir uns lieben. »Wo ist denn hier der Eingang«, sag ich und suche sie mit dem Mund ab und lande in der Kniekehle, sie lacht und sagt »Such weiter«, und wenn meine Zunge die Tür aufmacht, wird sie still.

Wer das war beim ersten Mal, will ich wissen, da weicht sie wieder aus.

Als Elsie zum ersten Mal in die Torstraße kommt, tritt gerade die Alte von oben, die Maier, aus der Haustür, sagt »Aha« und »Schönen Abend«. Im Treppenhaus ist es still, in der Wohnung noch stiller, Juan ist für vier Wochen weg. »Hast du Hunger«, sag ich, hat sie nicht, das ist gut, in der Küche gibt es nichts als Brot von vorgestern und Käse aus der Steinzeit. Elsie schaut sich erst Juans, dann mein Schlafzimmer an, sie findet meine alten CDs von Katie Melua, setzt sich bei »Nine million bicycles in Beijing« auf die Bettkante, ich setz mich neben sie, sie sagt mit Maiers Stimme »Aha«, ich leg den Arm um sie, sie sagt mit Maiers Stimme »Schönen Abend«. Dann kippen wir rückwärts.

Zum ersten Mal tut es gut, in der Torstraße zu wohnen, Elsie ist beeindruckt, als sie hört, die Wohnung gehöre mir und Juan sei mein Untermieter. Jedes Mal, wenn wir die Wohnungstür aufschließen, sagt sie »Aha« und »Schönen Abend«. Auch mitten am Tag oder mitten in der Nacht. Bevor sie sich auszieht, schließt sie die Läden und legt Musik auf. Manchmal schaue ich in den Spiegel und frage: Bin ich das, immer noch?

elsielazy mit einem Kreis drum, manchmal zweimal am Tag.

Zu ihr nach Hause fährt man mit dem Dreizehner bis Endstation. Wenn sie mich mitnimmt, ruft sie vorher an, dann wird ein Gedeck mehr aufgelegt. Die Mutter na ja. Der kleine Bruder erfreut. Der Vater korrekt. Das Haus leicht angebonzt. Lichtenhahns haben nichts gegen mich. Ich bin Elsies netter Begleiter. Sie stellen sich nicht vor, wie sich der Kopf des Begleiters zwischen Elsies Beine schiebt. Dass wir in den Semesterferien nach Marokko fliegen wollen, ist ihnen recht. Einfach aufpassen bei rohem Obst und Gemüse.

Es müsste ein besseres Wort für Liebe geben.

Dasphänomendasmichpermanentinfreudeundhoffnungversetztundallesrundumverändertsogardenbodenunddieluftdiemichberührenundmirdasgefühlgibtichseisowohleinesaiteamzerspringensowieeinstückbutteramzergehenundmireinenschleiervordieaugenlegthinterdemdieweltnurnocheinezweidimensionalekopiederrealitätistwieeinezeichnungindersturmundwindstillediegleichekrafthaben.

Etwa so, einfach kürzer.

Juan ist zurück von seiner Fortbildung in Lausanne, hat den Kühlschrank aufgefüllt, und er kocht. Es riecht wieder nach was in der Wohnung, getoastetem Brot, Zwiebeln, Pfefferschoten. Mit Elsie herzukommen ist nicht mehr so schön wie gehabt, als wir wie zwei Fromme mitten am Tag den leeren Dom betraten und hinter uns das Portal abschlossen. Nichts gegen Juan, benimmt sich herzlich, so wie er es lernt in der Hotelfachschule, Elsie hier, Elsie da. Zweimal hat er für uns gekocht, Risotto, Tortilla, und Elsie hat gesagt »himmlisch«.

»Nicht schlecht, deine Elsie«, sagt Juan, ich weiß nicht, soll mir das gefallen oder nicht, es klingt wie »nicht übel, deine Vespa«. Egal. Er sagt »deine Elsie«. Und das ist die Wahrheit.

Seit ich an einem Mittag am Limmatufer meinen Joghurt in ihren Schuh geleert und ausgelöffelt hab, bin ich Crazylazy. Hab ihr ein Schneckenhaus geschenkt, mit Kaugummi verschlossen und drin der Ring, den sie mal im Schaufenster bewundert hat. Crazylazy. Hab das T-Shirt, in dem ich nachts von ihr geträumt hab, zusammengerollt und vakuumverpacken lassen. Crazylazy. Hab ihr zum fünfzigsten Beischlaf eine Perle, echt, bitte sehr, in den Bauchnabel gesteckt. Crazylazy. Hab, weil sie verrückt ist nach Kirschen, im Internet nach Kirschenseife gesucht, aber keine gefunden. Hab ihre Schritte von Uni bis Torstraße gezählt, aber weiß jetzt nichts damit anzufangen. Hab gefragt, ob sie mich heiraten will, aber sie hat gelacht.

Crazylazy.

Zehn geschichtswissenschaftliche Titel sollen aus der Literaturliste ausgewählt werden. Elsie ist bereits am Lesen. Ich nicht. Man solle im ersten Semester damit anfangen, sagt sie, es stehe auf dem Merkblatt. Sie weiß immer, was auf den Merkblättern steht. Ich merke mir kaum was. Höchstens Elsies Tage. An den Vorlesungen interessiert mich vor allem, ob mir Elsie einen Platz freigehalten hat. Ich studiere Elsologie. Der Sommer ein warmer Wirbel und ich ein Taumeltier.

Man reist nicht nach Marokko im Juli, sondern zur Zeit der Mandelbaumblüte und so, aber Elsie will nun mal in den Antiatlas, auch bei vierzig Grad. Aber erst sind wir für zwei Tage in Essaouira am Atlantik. Nach einer Nacht in einem öden Hotelkasten, wo das Kissen nach Katzenpisse stank, hab ich das Blue Light gefunden, ein Gästehaus mit sechs Zimmern. Hab uns als Ehepaar eingetragen, und der Mann am Empfang hat gelacht. Der Fensterrahmen ist hellblau, auch die Decke und das einzige Tuch im Bad und der Himmel über den Dächern. Weil das schön ist, will sich Elsie erst mal hinlegen, um elf Uhr morgens, um zwei Uhr schreibt sie elsielazy mit Kreis drum in ihr Notizbuch, und dann ziehen wir los, zum Strand.

Elsie ölt sich ein wie ein Stück Braten. Elsie mit Riesenbrille schaut aus wie ein Insekt. Elsie kann mit einzelnen Zehen wackeln. Elsie verschränkt die Hände auf dem Bauch wie zum Gebet. Elsie ist so, dass Männerblicke an ihr hängen bleiben. Und das Meer ist auch schön.

Das ist – nach dem Schulausflug in die Bretagne – mein zweites Mal am Meer. New York und Amsterdam mit Vater zählen nicht, da hab ich kein Meerwasser angefasst. Elsie war schon elf Mal am Meer. Immer mit Familie. Sie hat ein Familienleben. Ich weiß nicht, wie das ist und ob ich bedauern soll, dass ich es nicht weiß. Alleinsein ist o.k. Alleinheit ist die Einheit mit dem All.

Der Himmel ist riesig. Es windet, es rauscht. Man surft, man kitet. Es schreit, es möwt. Man döst, man schäkert. Es flimmert, es schäumt. Der Sand ist weiß.

Morgen will Elsie nach Sidi Kaouiki wandern, zwanzig Kilometer, will die großen Dünen erkunden. Vielleicht werden wir uns da in eine sandige Mulde legen und uns gegenseitig erkunden. Erhitzter als sonst und durstig wie nie.

Elsie, windgestreichelt und sandig an den Stellen, wo der Wind nicht hinkommt, meine Elsie.

Übermorgen fahren wir weiter. Wenn wir es in einem Tag über Agadir nach Ouarzazate schaffen wollen, müssen wir den frühesten Bus nehmen. Elsie hat die Tickets schon besorgt. Wie wir dann von da ins Dades-Tal zu den Kasbahs kommen, wird sich zeigen. »Der Lehmbau als zivilisierender Faktor in Mediterranien« in der Literaturliste ist kein schlechter Vorwand für unsere Wanderung zu den Berberbauten. Elsie will alles genau dokumentieren. Ich werde ihr das Stativ tragen.

Gegen Abend schlendern wir durch die Souks, Elsie will allein einkaufen, also trennen wir uns. Es werden zwei lange Stunden. Ja, Farben prächtig, Treiben bunt, Gerüche orientalisch, doch läuft alles an mir ab wie Flüssighonig vom Plastiklöffel. Als wir uns wieder treffen, zum Apéro am Hafen, möchte ich Elsie an mich drücken, hochheben, herumwirbeln, halte mich aber zurück, sag einfach »Na?«, und sie nickt. Sie hat sich Arganseife gekauft und ein ziseliertes Messer für ihren Bruder, und mir überreicht sie ein blauweiß gestreiftes Päckchen. Ich hab ein gleiches Päckchen für sie. Wir haben füreinander ein kleines, rundes Behältnis aus Thujaholz gekauft. Meines hat einen gewölbten, Elsies einen flachen Deckel. Wozu die sind, keine Ahnung. Für ein Gewürz? Ein gefaltetes Briefchen hätte darin Platz. »Ich schreib dir eins«, sagt Elsie, »noch heute Abend.« Aber das tut sie dann nicht. Denn kaum sind wir im Zimmer, schläft sie ein, Sandalen noch an. Es ist unsere letzte Nacht in Marokko. Am Morgen in der Früh rutscht Elsie die Treppe runter und bricht sich einen Zeh. Er steht rechts ab wie ein Wegweiser: Hier geht's nach Hause. Im Hôpital Sidi Mohammed Ben Abdellah wird der Zeh zurechtgerückt und der Fuß eingebunden. Er passt nicht mehr in den Wanderschuh, kein Trekking im Dades-Tal, keine weiteren Expeditionen. Das Messer für den Bruder wird bei der Gepäckkontrolle im Marrakesch Airport zurückbehalten.

Und das Briefchen wird Elsie nie schreiben.

Elsie hat einen Gips bekommen, braucht eine Krücke. Der Fuß war stärker lädiert als gedacht. Lichtenhahns fahren ins Engadin, ins Ferienhaus von Freunden, Elsie soll mit, Elsie will nicht, Elsie will doch. Drei Wochen wird sie weg sein. »Besuch uns mal«, sagen Lichtenhahns. Mag nicht, will nicht täglich begutachtet werden wie eine Rohschinkenkeule beim Reifen, stürze mich lieber mit Juan ins volle Verblöden. Der angehende Hotelfachmann macht ein Praktikum in einer Bar und übt zu Hause die Drinks, die ihm am Abend vorher misslungen sind. Das fängt um elf Uhr morgens an, dazu läuft permanent der Fernseher. Wir schauen uns alles an: Frauen mit Schwangerschaftsdepressionen, Jodelchöre auf Reisen, Extraktionen von verpilzten Fußnägeln, Rosamunde Pilcher auf Polnisch. Dazu Juans Drinks in allen Variationen. Um vier Uhr nachmittags geht Juan schlafen, und ich verzieh mich an den See unter die Bäume und döse, die aufgeschlagene Pflichtlektüre auf der Brust. »Abklärung, Handhabung und Deklaration der Quellen in wissenschaftlichen Arbeiten«.

Elsie ruft mich immer zur gleichen Uhrzeit an, nimmt mich ein wie ein Medikament. 18 Uhr 30, Lazy, volle Dosis.

Was die lange Elsielosigkeit bewirkt, ist weder lustvolle Verzweiflung noch zölibatäre Geilheit. Ich bin einfach ein trauriger Lappen.

Im September fängt das Herbstsemester an. Elsie ist zurück. Und das Glück. Crazylazy denkt sich Geschenke aus, Elsie lacht und freut sich. Sie ist braun wie Engadiner Nusstorte. Ich krieche mit der Torte unter die Decke und höre nicht auf zu knabbern, bis ich sie ganz verschlungen hab. Alles ist wie immer, Elsie ist meine Elsie, und die Stunden, in denen ich sie nicht anfassen darf, sind verlorene Zeit.

Nein, nicht alles ist wie immer.

Elsie sagt nicht mehr »Aha« und »Schönen Abend«, wenn wir die Wohnungstür aufschließen. Sie hat das Ritual wohl einfach vergessen. Sie geht in der Mensa jetzt auch immer zum Tisch, wo ein paar Germanisten sitzen, »komm«, sagt sie, »die sind lustig«. Ich getraue mich nicht, sie zu fragen, ob ich ihr nicht lustig genug bin. Sie hat ja wohl das Recht, verschiedene Tische auszuprobieren.

Sonst ist alles wie immer, denk ich mal.

Wenn ich frage »Weißt du noch, unterm Arganbaum, als die Ziege kam«, dann küsst sie mir den Mund zu. Wir haben uns geliebt dort unterm Baum, und Elsie hat aufgeschrien, als eine Heuschrecke auf ihrer Brust landete.

Es fühlt sich gut an, als Paul und Peter mich fragen, ob ich mitmachen will beim Blatt. Sieht so aus, als sei ich ihnen nicht als Vollpfosten aufgefallen. Vollpfosten ist nach Elsies Bruder das aktuelle Wort für Vollidiot. Nächstes Jahr wird's ein anderes Wort dafür geben. Vollpfund. Vollbarsch. Das Blatt soll monatlich erscheinen, digital und Print. Soll ein Blatt sein gegen professorale Nabelschau. Elsie haben sie nicht gefragt. Aber elf weitere von anderen Fakultäten. Peter ist Initiant, Paul ist Digitalist, mich wollen sie für Redaktionelles, für Kurzinterviews. Das heißt vorerst, dass vier Abende pro Woche mit dem Blatt belegt sind, zum Konzipieren und Planen oder für Bier und Palaver. Abende ohne Elsie. Aber Elsie beschwert sich nicht. Es hat sich fast angehört, als sei in ihrer Stimme so was wie Erleichterung.

Als habe sie einen neuen Summton. Vielleicht hat es damit zu tun, dass sie selber vollbeschäftigt ist. Sie will für ihren Vater eine Webseite machen und hat dafür einen Intensivkurs belegt.

Elsie, die Feinste.
Elsie, die Schönste.
Elsie, die Meinste.
Elsie unterm Arganbaum.

Das Beste an diesem Herbst sind die drei klaren, kalten Tage in Sils Maria, Anfang November. Das Haus der Lichtenhahn'schen Freunde steht leer, wir zwei hätten fünf Schlafzimmer für uns, schlafen aber vor dem Kamin auf dem dicken Teppich, und bevor Elsie sich hinlegt, sagt sie wieder »Aha« und »Schönen Abend«. Ich beschließe, es habe mir egal zu sein, dass der Hausherr sich im Getreidehandel bereichert hat. Ich beschließe, dass mich die antiken Gewehre, die überall hängen, nicht stören. Ich beschließe, die Barhocker in Form von Frauenpos sind Geschmackssache.

Das Nietzsche-Haus ist geschlossen, Elsie ist oder tut enttäuscht. Die Bergbahnen fahren nicht mehr. Bis die Touristen zum Skifahren kommen, ist hier herrlich tote Zeit. Elsie zählt mit zunehmendem Eifer die leeren Sitzbänke auf der Halbinsel. Nur eine Bank ist besetzt, von einem Hund. Sein Mensch steht daneben und fotografiert Lärchenspitzen mit Himmel. Am Nietzsche-Stein schreibt Elsie die Verse in ihr Notizbuch, gleich nach elsielazy mit Kreis drum. »Doch alle Lust will Ewigkeit – will tiefe, tiefe Ewigkeit.« Ob ihr das gefalle, frage ich. »Geht so.« Sie schlägt das Buch an andrer Stelle auf und liest:

»Es war kein Schnee, doch Leuchten,
das hoch herab geschah,
es war kein Tod, doch deuchten
sich alle todesnah –«

Nein, das sei nicht Nietzsche, sondern Benn. Von Benn hab ich noch nie gehört. Woher sie das habe, frage ich. Von einem Germanisten, als sie Sils Maria erwähnt habe. Warum sagt sie anderen, dass sie nach Sils Maria fährt. Warum liest sie Dinge, die ich nicht kenne. Warum tut das weh und sollte nicht.

Wir wandern, wir schlafen, wir wandern. Alles gleißt und blendet. Goldlärchen, Silbersee, darüber poliertes Blau. Und die schneeweißen Zacken. »Weiß wie gebleichte Promizähne«, sag ich, »ist dir das poetisch genug?« Elsie lacht und will mehr. »Die rostbraunen Hänge wie das Faltenkleid einer saudummen Frau.« »Warum saudumm?« »Weil sie nicht merkt, dass der Saum ins Wasser hängt.« Elsie ist zufrieden. Ich merke es daran, dass sie sich nach einem Andenken bückt, nach einer straußeneigroßen Kugel aus harzverklebten Lärchennadeln.

Erhabener Moment: ich in Permaglut vor Kulisse in Permafrost.

Bis wir zu Hause ankommen, wird die Lärchenkugel auseinanderfallen.

Weiß nicht warum – nach den Engadiner Tagen bin ich müde. Während Elsie dem Wind voraussegelt, komme ich mir vor wie ein Schleppkahn. Die Gedanken haben Bremsen statt Flügel, aber das merke nur ich. Die fingierten Kurzinterviews, die ich für die Null-Nummer des Blatts verfasse, sind genau so, wie Paul und Peter sich das vorstellen. Professor Kehl hat meine Arbeit über die Mobilität im Frühmittelalter für gut befunden und ins interne Netz gestellt. Ich schenke Elsie ein aufwendiges Tattoo auf meinem Oberarm: elsielazy mit Kreis drum, und sie lacht sich halbtot, als sie sieht, dass es fake ist und somit abwaschbar.

Niemand merkt, wie viel Mühe mich das alles kostet. Weiß gar nicht, ob ich mir die Müdigkeit glauben soll. Vielleicht ist sie ein Phantom. Bestimmt gibt es Bücher über die Müdigkeit, geschrieben von gescheiten Leuten, bevor sie müde waren. Philosophische Betrachtungen über den Schöpfer, der nach sechs Tagen Arbeit kollabierte. Über Kant und die totale Erschöpfung nach dem kategorischen Imperativ. Über Lenin und die große Fatigue nach einer Revolution. Gäbe eine Kolumne fürs geplante Heft, wenn. Wenn nicht so bleischwermüde.

Ich liege im Bett und wünsche mir Elsie herbei, ich lass sie mir von Gott zusammensetzen, er fängt mit den Füßen an, wägt ab, nimmt ein Paar breite, eher kurze mit kitzliger Sohle und zwei geraden Riegeln von Zehen, einzeln lutschbar. Für die Beine wählt er was Kräftiges, Schlankes. Waden munter, gut sichtbar im Auf und Ab des Gehens.

Bei den Knien pfuscht er ein bisschen, das linke tut manchmal weh. Dann holt er aus für den Hüftbereich, setzt ein weites Becken an, gebärtauglich, und beginnt damit, es mit feinstem Po zu polstern. Mach du weiter, sagt er plötzlich, ich hab in meinem Leben eigentlich genug geschaffen, und mit dem Schambereich hab ich ohnehin meine Mühe. Ich übernehme also und füge die dicken, feuchten Lippen zwischen die Beine, so gut ich kann, weil Elsie immer das Licht ausmacht, weiß ich nur, wie sie schmecken, und darüber kommt das Kringelhaar, nicht sonderlich fein. Bauch flach, im Liegen leichte Mulde nach innen, und bei der Brust hätte ich Gott gern wieder dabei, ich kann's einfach nicht schön genug. Bei mir werden es Puddinge. Sind Schultern und Arme gemacht, rechts mit Muttermal, ist auch gleich der Kopf dran, den brauch ich nicht extra anzusetzen, das wär wohl zu makaber. Da liegt sie nun, Elsie, neben mir im Bett, ich könnte mit Träumen loslegen, seh aber im Halbdunkeln, dass der Teppich leer ist, keine Elsie-Kleider und -Schuhe darauf verstreut, ich merke, dass ich allein bin, und mir fällt ein, dass ich vergessen habe, ihr einen Bauchnabel einzusetzen. Aber Eva im Paradies hatte ja auch keinen.

Sie werden zehn Leute sein an Weihnachten, sagt Elsie. Zweimal Großeltern, einmal aus Bülach, einmal aus Florida. Die aus Bülach bringen den Truthahn, gefüllt und gebraten. Riesending. Ob ich auch kommen möchte. »Eher nicht«, sag ich. So viel Familie macht mich verlegen. »Die sind alle nett«, sagt Elsie. Eben. So Nette machen mich noch verlegener. Elsie will einen Plumpudding machen, ohne Nierenfett. Ich hab bislang nicht gewusst, dass es Nierenfett gibt. Sie nimmt mich mit zu Coop, und wir schreiten die Regale ab, aus dem Lautsprecher kommt Jingle Bells, und Elsies blaue Mütze passt genau zum Blau des Mittelstreifens meiner Winterjacke. Dann bleibt Elsie vor einer Tiefkühltruhe stehen »Da, schau wie groß!« Die Truthähne liegen aufeinander, die dicken Bäuche schimmern bläulich unter dem Plastik, sie haben in Ungarn gelebt, zehntausend unter einem Dach, mit beschnittenen Schnäbeln, damit sie sich nicht hacken, jetzt sind es noch zehn, sie sehen sehr nackt aus. »Heute würde man Tutanchamun so konservieren«, sag ich. Elsie sagt: »Crazylazy«, und ich sag: »Liebst du mich?«

Elsie möchte zum Weihnachtsmarkt, aber das ist mir zu kalt. Ich möchte einfach auf dieser Treppenstufe in der Uni sitzen bleiben, Elsie neben mir. Ich stecke meinen Zeigefinger in ihre Faust und lass ihn da.

»Was bedeutet das?«, fragt Elsie. »Nichts«, sag ich, »ich will einfach spüren, dass du warm bist und darum am Leben.« »Ein Heizkörper ist auch warm, ist er darum am Leben, du Fröstling?« »Nein, nur wenn er Fröstling zu mir sagt.« Ob sie es nicht seltsam finde, dass wir am Leben seien, frage ich. Nein, Elsie findet es nicht seltsam, nur schön. »Ist doch irgendwie unheimlich«, sag ich, nur weil vor zwanzig Jahren zwei Spermien schneller waren als ein paar Millionen andere, sitzen wir jetzt hier.« Was ist Leben? »Was ist Leben,

Elsie, weißt du's?« Elsie streckt mir einfach die andere Faust hin. Ist das Leben, wenn sich ein Blatt Papier im Luftstrom wölbt? Wenn eine Sternschnuppe aufglimmt? Wenn ein Bakterium im Joghurt hockt? Wenn mein Schuh einen Geruch abgibt? Ist das Leben, wenn zwei Algen sich finden, und sollen sie sich dafür bedanken, und wenn ja, bei wem? Elsie findet, ich frage zu viel. Ich solle es einfach entgegennehmen, dieses Leben. »Hast es gratis gekriegt, sei doch froh. Und kannst es jederzeit wieder loswerden, auch nicht schlecht.«

Vor Silvester ruft Elsie an. Sie fühle sich nicht besonders, komme nicht zum Fest in der Torstraße. Als sie aufhängt, bin ich so müde, wie ich noch nie war. Ich lasse Juan und seine Freunde feiern und verziehe mich ins Bett. Beim Einschlafen seh ich im Halbtraum etwas vor mir liegen, es schaut aus wie eine zerwühlte, verlassene Decke, die lacht mich mit einem Stofffaltenmund an und sagt: Hallo, ich bin die große Müdigkeit. Gar nicht wahr, sag ich, du bist das neue Jahr! Willkommen in meinem Bett.

2
Vita

Vita hätte immer gern ein anderes Leben gehabt, aber sie wusste nicht, was für eins.

Sie weiß es noch immer nicht. Also sagt sie sich, dass sie mit ihrem Leben zufrieden ist. Es war solid und hat lange gehalten.

Sie war halb so alt wie das Haus, als sie hier einzogen, gerade mal dreißig. Jetzt, zweiundvierzig Jahre später, steht das Haus unter Denkmalschutz, wie die ganze Reihe dieser Bauten aus der Gründerzeit. Sie haben ihr nie besonders gefallen. Aber hier ist ihr Zuhause, ob Denkmal oder nicht. Torstraße 6.

In den anderen Wohnungen leben längst nicht mehr die Leute von damals. Die sind fortgezogen, abgehauen, weggestorben. Sie könnte sie alle noch aufzählen. Die von heute kennt sie weniger gut: die nett grüßenden Grüters direkt unter ihr, die Jungen im zweiten und den Schwerhörigen im ersten Stock. Im Parterre hat sich ein Ein-Mann-Reisebüro etabliert. Rosa Travel bietet Reisen für Homosexuelle an. Im Fenster zur Straße hängt ein Plakat: Sehnsuchtreisen. Der Ein-Mann heißt Rolf.

Sehnsuchtreise klingt schön. Aber Vita hat keine Sehnsucht und ist nicht sicher, ob sie Sehnsucht möchte. Sehnsucht macht bloß krank oder traurig. Ein bisschen krank und traurig ist sie auch ohne Sehnsucht. Sie hat mal eine Liste gemacht von allem, was wehtut, und von allem, was sie nicht mehr kann. Was sie nicht mehr kann, tut auch weh, ist so was wie Heimweh, zum Beispiel Heimweh danach, über eine Wiese zu rennen. Die Liste hat sie weggeschlossen, um sie später mal zu ergänzen, wenn noch mehr wehtut und sie noch weniger kann.

Rolf von Rosa Travel hat Sehnsüchte. Vita sieht es ihm an. Solche Gesichter gibt es in Heiligenbildern, zum Beispiel im Kunsthaus. Vita hat fürs Kunsthaus eine Mitgliedskarte, darum geht sie ab und zu hin. Letzthin hat sie dort für Rolf eine Kunstkarte von Turner gekauft: »Brighton from the Sea«. Brighton ist ein Reiseziel für Schwule, das hat sie in Rolfs Schaufenster gelesen. Rolf hat sich über die Karte gefreut. Nun steckt sie ab und zu den Kopf in seinen Laden. Er weiß immer irgendwas Neues. Zum Beispiel, was im Haus so läuft. So hat der Schwerhörige im ersten Stock neuerdings einen Hund. Hunde sind laut Wohneigentum-Reglement nur mit Einverständnis aller erlaubt.

Mir geht es gut, sagt sie, wenn man sie fragt. Mir geht es gut, würde sie sagen, wenn sie sich fragte. Sie käme sich schlecht vor, wenn sie etwas anderes sagte. Seit acht Jahren schon arbeitet sie bei Hungerhelp, ehrenamtlich, bei bezahlten Spesen. Dort sieht sie, wie es ist, wenn es einem schlecht geht, wenn man sich wegen des Durchfalls hinkauern muss und gleichzeitig sieht, wie das Kind an der Brust endgültig zu atmen aufhört.

Hungerhelp ist ein schlechter Name. Er klingt, als helfe man dem Hunger. Vielleicht ist das so, vielleicht ist an der Hilfe alles falsch. Aber etwas muss man ja tun gegen das Elend. Zumindest muss man sich einbilden können, dass man was dagegen tut. Vita ist zuständig für den Versand der Bittbriefe. Sie setzt jeweils den neuen Text auf und schickt ihn Wolfgang Holdener, ehemals Deutschlehrer. So ist das vereinbart mit der Hungerhelp-Leitung. Holdener macht aus ihren kurzen Sätzen längere und streicht die Ausrufezeichen. Vita ist es egal. Einmal hat er ihr gemailt, das Wort Almosen sei nicht mehr tragbar. Vita mag das Wort Almosen, es klingt wie Blumen, die man schenkt. Aber sie weiß schon, sie ist nicht kompetent, was Sprache betrifft. Wenn ihr ein Buch gefällt, getraut sie sich nie, es weiterzuempfehlen.

Rolf hat gesagt, die Jungen im zweiten Stock seien beide Studenten. Vita hat sich gewundert, dass sich Studenten so eine Wohnung leisten können. Warum steht eigentlich immer noch Laval auf dem Türschild? Die sind doch schon lange weg. Nein, sagt Rolf. Der eine Student, Lazar Laval, war mal weg, dann hat er die Wohnung geerbt und ist vor ein, zwei Jahren erneut hier eingezogen. Lazar also. Vita hat die beiden jungen Männer wohl ab und zu gesehen, aber sie hat Lazar nicht erkannt.

Er war kein schönes Kind, keines mit einem leuchtenden Blick. Dickes Gesicht, unfroh. Er war etwa acht, als er mit seinem Vater herkam. Sie hat ihn gleich nicht sonderlich gemocht. Wenn er sie sah, wandte er sich ab, er sagte wohl was, wahrscheinlich Hallo, es klang wie Alo. Sie gingen einander nichts an. Es hieß, die Mutter habe die Familie verlassen. Vita dachte nicht weiter darüber nach. Die hatten ihr Leben, sie hatte ihres, und es gab genug zu tun. Das tägliche Aufräumen in ihrem Kopf. Das Zurechtrücken, so dass wieder alles stimmte. Das stete Drapieren, damit alles richtig wirkte. Das Auflesen von Abgeblättertem, Verlorenem, Vergessenem. Bring die Familie Maier in Ordnung, das war ihre permanente selbstgestellte Aufgabe. Sie war wie eine Musikerin, die nichts anderes tat, als dauernd das Instrument neu zu stimmen. Familie Maier, Vater, Mutter, Sohn. Familie Maier, Arbeit, Schule, Freizeit. Familie Maier, Liebe, Streit, Versöhnung. Sie schaffte das alles glänzend. Störend war, dass der Mann starb. Störend war, dass der Sohn so weit wegzog. Aber sonst war es so, wie es zu sein hatte.

Vita Maier kann nicht klagen. Frau Gress vom Nachbarhaus sagt »Ich kann nicht klagen«, wenn man sie fragt, wie's geht. Vita sagt das nie. Wenn sie klagen könnte, würde sie. Aber erstens hat sie das Klagen nie gelernt, und zweitens wüsste sie nicht, worüber sie klagen sollte. Mir geht es gut, sagt sie. Gut heißt, es geht mir so, wie es einem in meinem Alter und in meiner Situation zu gehen hat. Vieles ist schlecht, aber das ist normal, und normal ist gut. Zum

Beispiel tun ihr die Füße weh. Sie hat sich in einem Altenzentrum einen Vortrag über Arthrose und Arthritis angehört, seither weiß sie, was sie hat. Der vortragende Professor verwendete das Wort Geront. Das ist sie: ein Geront. Und das findet sie noch schrecklicher als den Schmerz in den Füßen. Mit dem Schmerz kann sie leben. Und laufen. Einfach nicht so weit wie früher. Sie ist immer gerne gelaufen, hauptsächlich um des Laufens willen. Einmal ist sie von Zürich nach Winterthur gelaufen, in sechs Stunden. Wolfgang Holdener hat in ihrem letzten Hungerhelp-Text »laufen« durch »gehen« ersetzt. »Laufen« sei »rennen«, hat er an den Rand geschrieben. Er hat wohl recht, die Frauen im Niger rennen nicht mit einem Wassereimer auf dem Kopf eine halbe Stunde lang vom Brunnen bis zur Hütte. Und sie, Vita, ist nicht nach Winterthur gerannt. Sie ist gewandert. Ganz knapp trugen sie die Beine noch nach Hause. Sie legte sich ins Bett und meinte weiterzuwandern.

Wen möchte ich gerne antreffen, fragte sie sich. Es fiel ihr niemand ein.

Vor der Wohnungstür bei »Laval« stehen ein Paar rote Turnschuhe, die sind seit Wochen nicht bewegt worden, denn immer steht der linke Schuh rechts vom rechten, und es kann sein, denkt Vita, dass mich das stört.

»Gibt's was Neues auf der Welt?«, fragt Vita, als sie Rolf vor den Briefkästen trifft. »Es gibt eine neue Kaffeemaschine«, sagt Rolf. »Wir sollten darauf anstoßen.«

Sie stoßen mit den Mokkatassen an. Worauf? Auf alles, findet Rolf und will wissen, warum Vita Vita heiße. Eigentlich heiße sie Eva, sagt Vita. Aber ihr Vater habe für Evita Perón geschwärmt, die argentinische Ikone. So sei sie Evita und dann Vita geworden. Argentinien habe er auch im Angebot, sagt Rolf: Queer Tango Festival in Buenos Aires. Hat Vita gewusst, dass der Schwerhörige seinen Hund vermisst? Er ist ihm weggelaufen. »Weggelaufen!«, schreit Rolf so laut, dass Vita zusammenfährt. Rolf lacht. Er wollte nur testen, wie gut Vita hört. Und einer der beiden Studenten im zweiten Stock sei im Spital, sagt Rolf. »Vita ist schön«, sagt er. »Klingt so lebendig irgendwie.« Hat Vita gewusst, dass es bei den Magellan-Pinguinen in Patagonien gleichgeschlechtliche Brutpaare gibt? »Warum ist der Student im Spital?«, fragt Vita. Rolf weiß es nicht.

Die Lavals im zweiten Stock müssen so ums Jahr 2002 eingezogen sein. Vita hat es ausgerechnet. Der Bub, Lazar, ging schon zur Schule und wohl in die zweite Klasse, sie kann sich an seine Schultasche erinnern, schwarz mit Batman. Ja, und an die seltsame Szene später in der Waschküche. Sonst hat sie von ihm nicht viel gesehen. Wenn er vor dreizehn Jahren eingezogen ist, müsste er jetzt um die zwanzig sein. Das könnte passen. Vita kann es nicht glauben, dass sie dreizehn Jahre einfach so hat dahinziehen lassen. Weg und vorbei sind sie, wie eine Gruppe von Wanderern nach kurzem Gruß verschwunden. Wenn sie zurückblickt, sieht sie nur noch das Jahr 2010, es macht sich deutlich langsamer davon. Das Jahr, als Jakob starb. Das war ein scharfer Knick im langen Band der Jahre, und Vita sah ihr Schicksal so fragend an, als sei sie nicht gemeint.

Vita langweilt sich nicht, zumindest sagt sie sich das. Immer ist was zu tun. Und am Abend fragt sie sich dann, was habe ich eigentlich gemacht? Sie hat die Zeitung gelesen, gründlich gelesen, sie weiß, wer in Bolivien kandidiert und wer das günstigste Rinderhack anbietet. Sie hat die Fingernägel gefeilt. Sie hat die Rechnungen zur Zahlung vorbereitet, die Pflanzen gewässert, den Teekocher geputzt, die Amseln beobachtet, die Füße mit Wallwurzsalbe eingerieben, die alten Zeitungen zusammengebunden, ihre Handtasche aufgeräumt, eine E-Mail von Herrn Holdener beantwortet, ein bisschen Wäsche zusammengefaltet, anstelle des schlecht riechenden T-Shirts ein frisches angezogen, einen Telefonanruf entgegengenommen, von jemandem, der sich verwählt hat. Sie hat an der Wohnungstür einem jungen Mann unschöne Grußkarten abgekauft, ist zur Post gegangen, um die unpassende violette Jacke an den Modeversand zurückzuschicken, hat Frau Gress getroffen und ein wenig über lausfreie Balkonpflanzen geredet, hat sich zu Hause ein Brot gemacht, mit Streichwurst, und hat beim Essen gedacht, sie esse ungesund, hat sich kurz hingelegt und an Frau Gress gedacht und wie unvorteilhaft sie angezogen war, stellt sich vor, wie sie sich anziehen würde, wenn sie Frau Gress wäre, und dass sie anders lachen würde, wenn sie solche Zähne hätte. Sie hat das TV-Programmheft durchgelesen und alles angekreuzt, was sie sich anschauen würde, wenn's nicht so spät ausgestrahlt würde, und hat sich noch einmal ein Brot gemacht, mit Streichwurst. Sie hat ihre hellblauen Wanderschuhe geputzt, so dass sie fast aussehen wie neu, sie stellt sie auf den Balkontisch und freut sich dran. Immer ist was zu tun, und kaum ist es hell geworden, wird es schon wieder dunkel. Vita stellt sich vor, wie die Tage in einem Zeitloch verschwinden, sie falten sich lautlos zusammen und schlüpfen ins Nichts.

Als sie zu Travel-Rolf sagte, sie habe einen Sohn in Australien, meinte er bloß, Australien habe er auch im Angebot, Mardi Gras in Sydney. Sie hätte sagen müssen, sie habe einen Sohn auf dem Mond. Jetzt ist es schon vierundzwanzig Jahre her, dass Moritz nach Australien gezogen ist, mit seiner Freundin Mia und deren kleinem Sohn, Sam. Inzwischen ist Moritz so alt wie sie, als er wegzog, siebenundvierzig. Damals hat man sich noch Briefe geschrieben, etwa nach vier bis fünf von Vitas Briefen schrieb Moritz eine Antwort. Mir geht es gut, schrieb er, so wie er das von seinen Eltern gelernt hatte. Als er Mia heiratete, wurden die Auskünfte noch spärlicher. Daran änderte auch die Möglichkeit des Mailens nichts. Moritz lebt auf dem Mond. Elfmal ist er für einen Monat da gewesen, hat in seinem alten Zimmer geschlafen, von Vollmond zu Vollmond, das letzte Mal, als Jakob gestorben war. Schon lange nennt er sich Morris. Auch Vita nennt ihn nun so.

Sam, ihr Fast-Enkel, hatte nie was von Lazar Laval wissen wollen, die gingen beide eigene Wege. Sam war ja auch nur für ein Jahr da, war aus Australien gekommen, um richtig Deutsch zu lernen. Und er war fünf Jahre älter als Lazar. Wenn man jung ist, sind fünf Jahre fünfmal länger, als wenn man alt ist. Sam ging ins Gymnasium, dann auch Lazar, aber der flog irgendwann von der Schule. Er sei faul, sagte Lazars Vater einmal, als er Vita im Treppenhaus begegnete. Und dann verschwand Lazar von der Bildfläche, er steckte wohl in einem Internat. Auch seinen Vater sah man kaum mehr. Und eine Mutter hatte es in dieser Wohnung nie gegeben.

Jetzt stehen da also diese roten Turnschuhe vor der Wohnung und sind vielleicht Lazars Turnschuhe, und Lazar ist vielleicht im Spital.

Vita versucht, nicht neugierig zu sein. Ihre Neugier ist oft wie eine wilde Hündin. Sitz! Platz!, müsste sie zu ihr sagen, aber nützen würde es nicht viel. Die Neugier legt sich nachts zu Vita ins Bett, und wenn Vita erwacht, rührt sich die Neugier auch gleich und stellt sich auf alle viere. Vita getraut sich selten, direkte Auskünfte einzuholen, sie sammelt, was sie zufällig findet, und setzt Geschichten zusammen wie Puzzles aus winzigen Teilchen. Nur dass ein Puzzle mal fertig wird und eine Geschichte nie. Fünf Jahre nach Jakobs Tod ist sie immer noch dran, die Geschichte seiner Gefühlsverschwiegenheit zu ergänzen, immer mal wieder fällt ihr etwas ein. Etwa wie er von einem rubinrot glühenden Abendhimmel gesagt hat, er sei recht farbig. Mit seiner Mutter hat diese karge Art wohl angefangen. Sie reichte Jakob gratulierend die Hand, als Enkel Moritz zur Welt kam.

Würde Vita nach Australien reisen wollen, dann mit Rosa Travel. Rolf würde bestimmt ein perfektes Programm zusammenstellen. Aber Vita hat nicht die Absicht, nach Australien zu reisen, es sei denn, in den Reiseunterlagen würde genau stehen, was sie mit ihrem Sohn reden sollte. Welche Fragen sie stellen dürfte. Und welche Liebkosungen noch angebracht wären. Sie bräuchte ein völlig neues Benimmbuch.

Es ist schön, dass sie bei Hungerhelp immer noch ihre drei Arbeitstage hat, einen Tisch mit Computer und Telefon, eine Hängeregistratur mit farbigen Schildern, eine Grünpflanze, eine Teekanne. Wenn sie von der Arbeit aufschaut, sieht sie ein Plakat mit lachenden schwarzen Kindern, die hießen noch Negerlein, als sie jung war. Sie ist dreimal in Afrika gewesen, zweimal mit Jakob, einmal ohne. Jakob sagte über die Paviane: Es sind zu viele. Jakob sagte über die Serengeti: Flach ist auch schön. Jakob sagte über die Schwarzen: Ihr Lachen ist besser sichtbar. Wenn sie zusammen reisten, war er immer hinter ihr. Sie ging voraus, er deckte ihr den Rücken. Auch in Spanien, als sie die Apotheken nach Chloroquin und den Schlafmitteln abklapperten, ging Vita voraus, obwohl die Medikamente für Jakob waren. Er wollte sie bereithaben, wollte sich rechtzeitig wappnen gegen seinen wachsenden Krebs. Am Ende der Reise hatten sie so viele Medikamente beieinander, dass sie für zwei Suizide gereicht hätten. Jakob war zufrieden. Er sagte: Gegen Spanien gibt es nichts einzuwenden.

Die Liebe, die Vita für Jakob empfand, war wie Rheumawäsche. Sie hielt warm.

Vita hat in ihrem Putzschrank eine Schachtel, die ihr Herr Laval mal übergeben hat. Er werde verreisen, sagte er, ob er die Schachtel bei Vita lassen dürfe, sie werde in den kommenden Tagen von seinem Freund Jules abgeholt. »Jules« steht auf der Schachtel. Ein Jules ist nie gekommen. Vita hat dreimal versucht, die Schachtel zurückzugeben, aber bei Lavals hat niemand aufgemacht. Von Gewicht und Größe her könnten ein, zwei Bücher drin sein. Sie riecht nach nichts. Jetzt, wo Lazar Laval wieder hier wohnt, wie Travel-Rolf sagt, könnte Vita dort mal klingeln und die Schachtel zurückgeben. Sie schiebt es auf, weiß nicht, warum.

Wenn sie sich morgens aufmacht, um zu Hungerhelp zu fahren, registriert sie die roten Turnschuhe im Treppenhaus. Und sie schaut, wenn sie heimkommt, ob die Schuhe noch da sind. Dazwischen denkt sie nicht daran, sie fallen ihr gar nicht ein. Neuerdings fallen ihr vor allem Dinge ein, die überhaupt nicht zum jeweiligen Moment passen. Das ist wie buntes Schneien, und die einzelnen Flocken schmelzen weg, bevor Vita eine fangen und genauer betrachten kann. Lästig ist das. Sie muss sich zwingen, konzentriert zu denken. Bei Hungerhelp will man im kommenden Jahr nicht nur Nahrung, sondern auch Kleidung spenden. Kleidung verschaffe Wärme und Selbstbewusstsein, und damit, sagt Vitas Kollege Kurt, hätten die Frauen es nicht mehr nötig, in alle Betten zu kriechen und Kinder zu machen. Weniger Kinder, weniger Hunger. Vita weiß, dass sie empört sein sollte über Kurts Äußerungen. Aber Kurt kann so ansteckend lachen. Also lacht sie und sagt bloß, vielleicht brauche Hungerhelp einen neuen Namen. Ja, sagt Kurt, Hungerhelp würde sich besser Hungerhülfe nennen, wie früher, zur Zeit der Heiden und Neger, das wäre irgendwie schick. Vita lacht wieder. Was ist nur mit mir los, denkt sie, früher war ich korrekter.

Wenn Jakob bei anderen mit seiner borstigen Art Kratzer hinterließ, war Vita gleich zur Stelle und schmierte ein bisschen Charme drüber. Sie konnte das, aber es strengte sie an. Sie war nicht einfach ein Charmetopf, der am Überlaufen war. Sie musste sich alles erarbeiten, die Freundlichkeit, die Anteilnahme, den Gutelauneton. Jetzt weiß sie, wie es geht. Sie weiß, was andern wohltut. Auf sich selber kann sie es nicht anwenden. Vita lässt sich nicht von Vita vollschwatzen, sie ist, wie sie ist und immer war, schon als Zehnjährige. Und sie ist, wie sie sein wird, wenn das hier alles aufhört. Aber daran denkt sie nicht. Sie denkt an eine Reise nach Afrika. Hungerhelp hat im tansanischen Dodoma ein kleines Gästehaus. Von da könnte sie mit der Bahn nach Mwanza oder Kigoma fahren, das wäre abenteuerlich, denkt Vita, aber eine Alte wie ich macht das wohl nicht. Trotzdem malt sie sich aus, wie sie in einem überfüllten Abteil sitzt und rundum dieses – wie Jakob es sagte – gut sichtbare Lachen. Wie sie von ihrem Hühnchen aus dem Proviantkorb anbietet und dafür Hirsefladen entgegennimmt. Wie das riecht und wie das rattert. Wie um sechs Uhr abends die Nacht herabstürzt, und wie sie ihre Tasche umklammern wird. Sie stellt sich vor, wie sie das später alles erzählen wird, aber sie weiß nicht, wem. Leuten wie Frau Gress? Die fliegen nach Gran Canaria und haben Vollpension und Bachblütenmassage.

Es ist fünf Uhr nachmittags, als sie bei Laval klingelt. Um fünf Uhr nachmittags liegen Studenten nicht mehr im Bett, denkt Vita, und da wird auch schon die Tür aufgemacht von einem jungen Mann, der nichts sagt, bloß fragend dreinblickt. Vorsichtig fragt sie: »Lazar?« Der junge Mann schüttelt den Kopf. Lazar sei nicht hier. Wann er wieder hier sei, wisse er nicht genau. Vita streckt ihm die Schachtel hin, besinnt sich plötzlich anders und zieht sie wieder zurück. Sie komme ein anderes Mal. Sie geht treppab statt hoch in ihre Wohnung. Der junge Mann braucht nicht zu wissen, wer sie ist.

Sie wird die Schachtel für Jules, den großen Unbekannten, wieder in ihren Putzschrank legen.

»Komm schnell rein«, sagt Travel-Rolf, »ich will dir etwas zeigen.« Er deutet auf ein Poster über seinem Schreibtisch, eine Landschaft: »Brighton from the Sea« von Turner. Es ist das Bild von der Postkarte, die sie mal im Kunsthaus für Rolf gekauft hat. Es habe ihm so gut gefallen, sagt Rolf, »jetzt hab ich's in groß.« Beide sind sie verlegen, Vita und Rolf, über das Freundschaftliche zwischen ihnen, das sich nun mal ergeben hat und das nicht mehr ist als ein bisschen goldene Gaze über dem üblichen Licht. Ob er Lazar Laval kürzlich mal gesehen habe, fragt Vita, sein Mitbewohner wisse nicht, wann er wiederkomme. »Ich hab's dir doch gesagt, der ist im Spital. Wohl was Längeres«, sagt Rolf. Dann klingelt das Telefon, und so wie Rolf Hallo sagt, ist kein Kunde dran.

Was Längeres. Was haben so junge Typen wie Lazar denn Längeres? Ein Dutzend Knochen gebrochen. Oder verbrannte Arme wegen Feuermachens mit Kerosin. Vielleicht müsste ich mich kümmern, vielleicht gibt's den Vater gar nicht mehr, und die Mutter hat's nie gegeben. Möglich, dass Travel-Rolf weiß, welches Spital. Rolf weiß alles. Ach was. Bin ich etwa eine Glucke. Und diesen Lazar hab ich noch nie richtig gemocht. Was geht's mich also an.

Das ginge schon, sagt Sandro, der neue Hungerhelp-Leiter, in Dodoma im Gästehaus wäre ein Zimmer zu haben. Aber die Eisenbahnreise sei gar nicht zu empfehlen. Und was sie denn wolle in Mwanza oder Kigali, allein? Allein – das klingt wie geistig minderbemittelt oder altersblöd. »Warum machst du nicht eine nette Safari nach Ruaha zum Beispiel«, sagt Sandro. Vita nickt und denkt, lass mich bloß in

Ruhe mit deinen gerontologischen Ratschlägen. Ich kann sehr wohl noch selber denken. Sie bucht das Zimmer für sieben Tage, ab heute in vier Monaten. Genügend Zeit, um sich an die Idee zu gewöhnen. Und um alles zu besorgen, neuen Pass, neues Outfit, neue Haarfarbe, vielleicht, neue Impfungen, neue Courage, neues Mittel gegen Blasendrang. Nun hat sie frische Themen für ihre Google-Stunden und eine wunderbare Abendbeschäftigung.

Auf der Treppe sitzt jemand, den Kopf in den verschränkten Armen, blickt erst auf, als Vita direkt vor ihm steht. Lazar. Sie erkennt ihn wieder, wenn auch mit Mühe. Nicht mehr Kind – Mann. Nicht mehr rundlich – mager. Nicht mehr gelockt – kahlrasiert. Und irgendwie krank sieht er aus, denkt Vita. Die roten Turnschuhe vor der Wohnungstür stehen nun richtig nebeneinander. »Alo«, sagt Lazar. Alo sagt er also immer noch. Vita stellt ihre Einkaufstaschen ab. »Hallo, Lazar«, sagt Vita. »Ich muss Sie inzwischen wohl siezen.« Lazar schüttelt den Kopf. Das wirkt, als sitze der Kopf nicht richtig fest, als sei der Hals zu dünn. »Hab keinen Schlüssel«, sagt Lazar. »Dann komm mit hoch«, sagt Vita und staunt, dass ihr das in den Sinn gekommen ist. Lazar steht auf und packt Vitas Taschen. Die Hose, Jeans, unten ausgefranst, schlottert. Gut, dass ich heute richtig eingekauft hab, denkt Vita, den muss man füttern.

»Ich mache uns was zu essen«, sagt Vita, verschwindet in der Küche, und als sie wieder kommt mit dem Teller voll Broten, sitzt Lazar in Jakobs Ohrensessel und schläft, mit gefalteten Händen. Vita bleibt stehen, den Teller in der Hand, und betrachtet den jungen Mann, von Kopf bis Fuß, so als wäre er ein Sessel, und der Sessel wär zu kaufen.

Er gefällt ihr.

Sie haben nur die Hälfte der Brote gegessen. Lazar holte immer mal wieder das Handy aus der Hosentasche und rief seinen Mitbewohner an. Aber der ließ es klingeln. Vita versuchte, Lazar auszufragen, und das erwies sich als schwierig. Es war wie Buchstaben aus der Buchstabensuppe fischen, um ein paar Wörter zusammenzusetzen. Sie erfuhr, dass er im Spital gewesen war – das hatte sie schon von Travel-Rolf erfahren. Sie erfuhr, dass er krank gewesen war – das war bei einem Spitalaufenthalt ja anzunehmen. Sie erfuhr, dass er es beschissen fand – das war ihm deutlich anzusehen. Und schließlich fischte Vita das Wort Leukämie aus der Suppe. Lazar schwieg. Vita nahm sich ein Brot. »Musst du da jetzt noch mal hin?«, fragte sie. Lazar sah ihr plötzlich direkt ins Gesicht und nickte. Was für grüne Augen. Grüngrüne Augen in einem weißen Gesicht. Ja, er müsse noch mal hin, und dann teste man, ob der ganze Scheiß etwas genützt habe, sagte Lazar und sah aus, als müsse er sich gleich übergeben. Vita suchte hastig nach einem anderen Thema. Ihr Kollege Kurt, sagte sie, liege auch im Spital, darum habe sie mehr Arbeit als sonst, und dann erzählte sie von Hungerhelp alles, was ihr nur einfiel, und flunkerte noch einiges dazu. Lazar schien zufrieden, dass sie redete und ihn in Ruhe ließ. Und als er nach zwei Stunden aufstand, weil er endlich in seine Wohnung konnte, dachte Vita, er sehe ein klein bisschen besser aus. Verwundert merkte sie, dass er sie duzte. »Ich heiße Vita«, sagte sie. Maier sei besser, meinte er, und sie fragte, warum. Ach, nur so. Sie hätten früher immer einen Vita-Brotaufstrich gehabt. Da denke er nicht gern dran.

»Tschüss, Maier«, sagte er und zog die Schlotterhose ein Stück hoch.

»Sagen Sie Gedichte auf, wenn Sie nicht schlafen können«, das stand im Apothekerblatt, *ich weiß nicht, was soll es bedeuten, dass ich so traurig bin,* aber um etwas aufzusagen, müsste man es noch wissen, *so traurig bin, so traurig bin …* es ist vom Vollmond so hell im Zimmer, dass die Pantoffeln Schatten werfen, *tadam, tadam aus alten Zeiten,* was war das schon wieder aus alten Zeiten, Vita dreht sich zur Seite, neuerdings schmerzen die Beine, *ein Unglück aus alten Zeiten?,* so ungefähr, *das kommt mir nicht aus dem Sinn,* und dann folgt eine schöne Jungfrau und ein Schiffer, und die reimen sich, aber das kommt ihr nicht in den Sinn, Kacke, was Sie da geschrieben haben, verehrtes Apothekerblatt, statt einzuschlafen, rege ich mich auf, und überhaupt fehlt die Apothekerin in Ihrem Titel, mit schlaflosen Grüßen, Vita Maier, 72, alleinstehend, alleinliegend, Torstraße 6, oberste Etage, wo der Mond ins Zimmer strahlt, als fände hier drinnen eine öffentliche Hinrichtung statt, der Schatten des Stuhls sieht aus wie ein Galgen, eines hab ich noch, eines hab ich noch: *Augen, meine lieben Fensterlein, gebt mir schon so lange holden Schein,* ha!, es ist noch da! und dann?, Schein, Schein, Schein … *lasset freundlich Bild um Bild herein, einmal werdet ihr verdunkelt sein,* ha!, jawoll!, *fallen einst die schweren Lider zu,* oder die alten Lider?, *löscht ihr aus, dann hat die Seele Ruh,* sie kann es noch, nein, blöd ist sie noch nicht, sie legt die Hände auf die Fensterlein und sperrt den Mond aus, morgen wird sie in einen weiteren Tag steigen, er wird grau sein, sie gehört nicht zu denen, die blaue Tage haben, rote, gelbe … farbige Tage hat man nur, wenn man liebt.

3
Lazy

Die Alte nahm mich mit nach oben und wollte mich beköstigen. Das ging nicht. Damals würgte ich fast alles wieder raus, als wär ich ein Wolf und müsste meine Kinder füttern. »Maier«, sagte ich nach einem halben Wurstbrot, »du meinst es gut, aber danke.« Wie gut sie es meinte, weiß ich nicht. Vielleicht war sie einfach neugierig, ist sie schon immer gewesen. Ich weiß noch, wie sie mich damals im Treppenhaus gemustert hat. So sucht man eine Pflanze nach Blattläusen ab. Ich hab mich weggedreht und mich geärgert, dass Vater so freundlich war, als wir einzogen. »Pierre«, sagte er und streckte ihr die Hand entgegen. »Maier«, sagte sie, »mit a.«

Maier sieht nicht viel anders aus als damals. Ist wie Schiffszwieback, hell und trocken und haltbar. Sie muss seit Jahrzehnten in der Torstraße wohnen. Ihren Enkel hab ich nicht mehr gesehen, den eingebildeten Sam. Und ihr Mann ist tot, denk ich mal. Gott, bin ich froh, dass ich endlich raus bin aus der düsteren Bude. Am liebsten würde ich nicht mehr zurückgehen und für immer in Mexiko bleiben. Ich bin wieder am Leben. Und was ich esse, bleibt drin.

Ich schaue mir Oaxaca an, laufe, bis ich müde bin, dann ruh ich mich in einer Kirche aus. Die kleinen Kirchen sind praktisch für mich, kühl und leer, nicht schön genug für einen Eintrag im Reiseführer. Ich gebe ihnen Nummern.

In Nummer 1 gibt es eine Wand voller Zettel mit Bitten an Maria. Liebe Maria, ich hätte gern zweihundert Gramm frische Blutplättchen. Wenn's klappt, nenn ich dafür mein erstes Kind Maria, ist das ein Deal? Das Seitenportal links geht auf, ein junger Indio mit einem alten Gesicht kommt herein, küsst die Stufe vorm Altar und läuft zum Portal rechts hinaus. Das ist effizient, vielleicht müsste ich das auch so machen.

In Nummer 2 ist das Polster am Betschemel zerschlissen, die heilige Catarina blickt schräg, irgendwie vorwurfsvoll, zur Decke. Liebe Catarina, ich hätte gern ein paar weniger von diesen aufsässigen Lymphoblasten. Kannst du sie übernehmen? Dann spendier ich drei neue Betschemelpolster für deine Kirche, einverstanden? Auf der Bank vor mir sitzt ein kleines Mädchen neben seiner betenden Großmutter, klaubt einen Lippenstift aus einem Lacktäschchen und malt sich die Lippen bis unter die Nase.

In Nummer 3 steht der Priester am Altar und liest die Messe. Er hat gerade mal zwei Kunden. Dabei ist Sonntag. Und Heiligenfiguren wären genug da, pro fünf Bankreihen eine. Hört mal alle her, todos los Santos, wenn ihr mir nachts die Albträume verjagt, bring ich euch dafür Leute ins Lokal, ich weiß noch nicht wie, vielleicht stelle ich einen großen Korb voller Tequilafläschchen neben das Weihwasserbecken und streue Smarties in den Mittelgang.

Juan hat gesagt, ich kann bei ihm wohnen bleiben, so

lange ich will. Es ist eine schöne Wohnung, sie ist alt und angenehm dunkel. Die Zimmer sind groß, die Mauern sind dick, wenn sich Juan mit seiner Freundin vergnügt, höre ich nichts. Ob das jetzt seine Braut sei, hab ich gefragt, und er hat bloß gelacht: »Nur keine Eile.«

Doch: Eile. Ich schon.

Weiß nicht, was wird.

Weiß nicht mal, ob ich der Muttergottes in Nummer 1 ein Kind liefern könnte, Chemo-Krüppel, der ich bin.

Statt mich im Bett zu wälzen, geh ich manchmal schon um fünf nach draußen, da ist dann niemand sonst als die Straßenhunde, der Himmel ist frisch gefegt, schaut aus wie hellblaues Glas, und mir geht's gut. Vor den grad geöffneten Blüten schwirren Kolibris, und mir geht's gut. Ich setz mich auf eine Bank am Zocaló, und neben mir lässt sich die Zukunft nieder, mit einem breiten Hintern und einem breiten Lächeln. Nein, keine Eile.

Ich kann hierbleiben, so lange ich will. In der Torstraße wartet niemand auf mich. Ich hätte den Kühlschrank ausschalten oder zumindest leeren sollen. Ich glaube, da ist noch Käse drin und Toastbrot und anderes Zeug. Das wird vergammeln oder vertrocknen. Vielleicht wird man irgendwann die Wohnung aufbrechen, wenn ich nicht mehr komme. Vielleicht wird Maier der Polizei mitteilen, sie habe den jungen Mann seit einem Jahr nicht gesehen, er liege vielleicht tot im Bett, es rieche manchmal seltsam im Treppenhaus.

Wenn ich zurückgeh, beginnt der Tanz von vorn, Gift rein, KMP, Gift rein, KMP. Knochenmarkpunktion, Pochenknarkmunktion. Wenn ich hierbleibe, fange ich an, Spanisch zu lernen. Viva la muerte. Ich hab ein Bild gesehen von einem Zapotekenkopf aus Ton, die rechte Gesichtshälfte lebt, die linke nicht mehr, die Knochen drücken durch die Haut und deuten den Totenschädel an.

Weiß nicht, wo ich lieber tot wäre, hier oder drüben.

Hier gefallen mir die Kirchenglocken besser. Ich zähle die Schläge, beim sechsten steht ein kleines Tier auf dem Platz und schaut mich an. Was ist denn das, ein Hund ist es nicht, ein Fuchs vielleicht, ein junger Fuchs, aber nicht rot, sondern grau. Er schaut, ich schaue, so geht das sicher drei Sekunden, dann dreht er, trabt schnurgerade davon, weiß genau, wohin er will. Gibt es in Mexiko Füchse?

Juan sagt, als Indio hast du einen Nagual, ein Alter Ego, das kann ein Tier oder eine Pflanze sein. Wenn es deinem Nagual schlecht geht, geht es dir auch schlecht. Wenn es dir gut geht, geht es deinem Nagual auch gut. Juan tut, als kenne er hier alles in- und auswendig. Und wie weiß ich, wer mein Nagual ist, frage ich. Keine Ahnung, sagt Juan, vielleicht triffst du ihn mal an. Vielleicht bist du ein Kaktus.

Nein, ich bin ein Fuchs. Grauer Kopf, grauer Rücken, bisschen rot an der Brust, weiß, wohin ich will.

Am schlimmsten war die Nachtschwester, wenn ich die noch mal erleben muss, renne ich weg, barfuß und im Spitalhemd. Sie kommt um 5 Uhr 30 zum letzten Mal und bringt die Medikamente für den Tag. Sie ruft: Wie haben wir geschlafen. Sie ruft: Tut uns etwas weh. Sie reißt das Fenster so weit auf, als hätte ich in der Nacht das Zimmer mit bösen Geistern gefüllt. Die Fensterflügel knallen gegen die Wand. Alles, was sie macht, macht sie laut. Sie schnauft absurd gesund. Sie klatscht die Decke in Form. Sogar die Luft, die sie verdrängt, ist hörbar. Sie kommt aus der Welt der Gesunden. Was in den Betten liegt, ist ungutes Fleisch, das man frisch verpacken muss. Sie hantiert mit mir wie ein Metzger mit einer Rindshälfte. Derweil wälzen sich die bösen Geister aus dem Fenster. Sie ruft: So, jetzt schlafen wir weiter. Sie heißt Herta, und ich bringe sie um.

Ich weiß nicht, warum ich die Kette gekauft hab. Das Oaxaca-Gefängnis hatte letzte Woche hinter dem Zocaló diesen kleinen Markt, und da hab ich sie gekauft. Es war die teuerste: schwarze Perlen, blaue Perlen. Ich stecke die Hand in meine Hosentasche und fingere an der Kette rum wie alte Frauen am Rosenkranz. Ich weiß nicht, wer die Kette gemacht hat, vielleicht eine Schwerverbrecherin. Schwarze Perlen, blaue Perlen. Ich weiß nicht, wer sie tragen soll. Ganz kurz hab ich an Elsie gedacht, es war nur grad der Zehntel eines Gedankens. Das wird nie wieder was mit Elsie, weiß ich, hab den Zehntelgedanken auch gleich gründlich in den Topf mit Vergessenem gestampft.

Immer wieder mal kommt mir Maier in den Sinn, keine Ahnung, warum. Sie hat hellblaue Wanderschuhe mit grünen Bändeln. Lauf mal schön weiter, Maier.

Damals, als ich mich aus der Wohnung ausgeschlossen hatte, sagte Maier: »Halb so schlimm, es gibt Leute, die schließen sich überall aus. Und die kommen dann nirgendwo mehr rein.« Geschwätz, dachte ich. Aber Maier hat recht. Es gibt welche, die kommen nirgendwo mehr rein. Weiß nicht, ob ich zu kaputt bin, um wieder irgendwo reinzukommen. Man müsste mich so flicken, dass ich ausschau wie vor einem Jahr. Hab immer noch den sogenannten Port drin, den Einfüllstutzen fürs Chemogift. Sitzt unterhalb der rechten Schulter wie ein dritter Nippel.

Im Juli müsste ich wieder antraben, bei Schwester Herta und der ganzen weiß gewandeten Armee. Und im Treppenhaus der Torstraße würde mich Maier wieder mustern. »Komm mit hoch«, würde sie sagen, »ich mach uns ein paar Brote.«

Inzwischen hab ich mir einen Befindlichkeitstest zugelegt: Wie schlecht wird mir, wenn ich an Maiers Wurstbrote denke: total – leicht – gar nicht.

Die Kirche Santo Domingo musst du dir anschauen, hat Juan gesagt. Ein Prachtbau, steht im Reiseführer. Also geh ich da rein und gleich wieder raus. Zu prächtig, nichts für mich. Schade um die Gebete, die hier gesprochen werden, die dringen bestimmt nicht durch die dicke Goldschicht. Statt himmelwärts zu fliegen, verpuffen sie im Pfaffenland. Jetzt hab ich dann alles gesehen, was es in Oaxaca zu sehen gibt, und alles gemacht, was es zu machen gibt. Ich hab Heuschrecken gegessen, ich hab mich mit Tequila volllaufen lassen, ich bin mit dem Bus nach Tule gefahren zum dicksten Baum der Welt. Er soll älter sein als zweitausend Jahre. Alles, was alt wird, macht mir neuerdings Eindruck.

Morgen fahre ich mit dem Bus Richtung Pazifik.

Juan wollte mich nicht gehen lassen, bleib doch noch, sagte er, wir suchen dir una amiga. Vielleicht finde ich selber eine, sagte ich. Ich bin in den Bus gestiegen und hab mich gleich umgesehen, da saß keine. Auch egal. Der alte Mann neben mir will wissen, ob ich nach Miahuatlan fahre. Ja, sag ich, Miahuatlan, und denke, warum nicht. Was der Mann noch so sagt, verstehe ich nicht, und er schläft dann auch bald ein. Ich hab also ein Ziel, das ist schon mal was. Da, wo die Straße nach Magdalena de Ocatlan abzweigt, bleibt der Bus eine ganze Weile stehen. Niemand steigt aus, niemand steigt ein. Niemand fragt, warum der Bus hält. Der Fahrer sitzt still da, die Hände am Lenkrad. Im Kakteenschatten schläft eine Sau. Kinder spähen durch den Zaun. Irgendwer veranlasst den Fahrer, den Motor wieder anzustellen, ein Geist oder ein Gecko. Von der Luft im Bus wird mir etwas mulmig, nicht schlimm. Ich mach den Wurstbrottest. Resultat »gar nicht«.

In Miahuatlan ist großer Markt, und da steht auch eine imposante Kirche, aber von Kirchen hab ich grad ein bisschen genug, ich geh nur schnell rein, um meine Reisetasche zu deponieren. Keine Angst, San Andres, keine Bombe drin. Ich mach mich ans Schlendern, und alle paar Schritte bedaure ich, dass ich nicht kaufen kann, was ich gern kaufen würde, weil es in meiner Tasche keinen Platz dafür gibt und in meiner Zukunft auch nicht. Am Rande des Marktes setz ich mich auf eine kleine Mauer und hab so viel Zeit, dass ich darin schwimmen könnte. Eine Marktfrau sitzt vor mir am Boden, sie hat nicht mal ein Tuch ausgebreitet, hat ihren mickrigen Knoblauch einfach neben die Füße gelegt. Knoblauch gibt es auf diesem Markt an jeder Ecke. Nur ihre Hände seh ich, junge braune, mit kurzen Nägeln. Ihr Gesicht seh ich nicht, vielleicht ist es schön. Manchmal bleibt jemand stehen, bückt sich und kauft. Dann tauchen die Hände blitzschnell mit einer Münze in eine Tasche.

Der Mann im Hotel schiebt mir einen Zettel über den wackligen Tisch, damit ich mich eintrage. Unter anderem wird nach profesión gefragt. »Nichts«, schreibe ich. Der Mann spießt den Zettel auf einen langen Nagel, und ich bekomme meinen Zimmerschlüssel, Lazar Laval, von Beruf nada. War nichts, bin nichts, werde nichts sein. Hab zwar ein Label: Student. Saß in ein paar Vorlesungen, Geschichte, Urzeit und frühes Mittelalter, da saß ich und war müde. Richtig studiert hab ich erst im Spital: die Systematik des Krankenhauspersonals, Klasse, Ordnung, Gattung, Art und Unterart. Zur Unterart zählen alle Putzleute, wobei es hier wiederum Varietäten gibt. Die dunklen Kurzbeinigen, die hellen Langbeinigen. Nebst den Arten gibt es auch Unarten, vor allem im Pflegebereich. Wenn man sie aufzählt, liest sich das wie ein Pflanzenverzeichnis: Gemeine Kratzdistel, Gemeine Nachtkerze, Gemeine Pechnelke.

Sie haben meine Venen zerstochert, meine Nächte zerkrümelt und meine Seele zerkratzt.

Das Bett knarrt, der Wasserhahn tropft, das Hotel heißt Esperanza. Die Decke ist fleckig, das Mondlicht blau, der Schlaf schleicht sich an. Morgen bin ich am Pazifik.

Wieder sitzt keine amiga im Bus. Mein Banknachbar hat Knoblauch gegessen. Der Bus kriecht die Berge hoch, dos mil setecientos sobre el mar, sagt der Mann mit dem Knoblauchatem, hier sieht es aus wie in der Schweiz, lauter Föhren, das wär was für Maier in ihren hellblauen Wanderschuhen. Schon wieder Maier. Nein, jetzt will ich nicht an Wurstbrote denken. Steil und in engen Windungen geht es abwärts, meerwärts. Fertig Föhrenlook, jetzt kommt tropischer Dschungel, es wird immer grüner und immer dunkler, immer wieder mal taucht ein huschender Schatten auf, Hund oder Kind, Achtung, nicht totfahren bitte, dann sind wir in Puerto Angel. Die Brandung ist so laut, dass ich meine eigenen Gedanken nicht mehr höre, das ist sehr angenehm.

Es ist kein Zimmer mit Meerblick, aber mit Palmenwäscheleinenhängemattenblick, ich hab ein Bett, sechs Kleiderhaken, einen Tisch, einen Stuhl, dem Stuhl fehlt ein Bein. Ich hab einen feuerroten Vorhang, wenn ich ihn zuziehe, ist das Zimmer mitten am Tag voller Abendrot. Es gibt verschiedene Lärme – einen krähenden Hahn, ein krähendes Baby, eine knatternde Vespa frühmorgens –, die mag ich ganz gern, und es gibt verschiedene Stillen – eine mit ein bisschen Meer drin, eine mit ganz wenig Grille und eine mit Palmblattflüstern –, die mag ich auch. Hier bleibe ich.

Am Strand gibt es Schirme und Liegestühle, man kann sie bei Paquito mieten, Paquito macht auch Drinks und Tacos und scharfe Tamales, er hat einen Papagei, der Coca-Cola trinkt. Das Meer ist das Meer, und das Beste am Ganzen sind die Pelikane, ihre Sturzflüge. Manchmal kommt Paquitos Schwester, sie kann ein bisschen Englisch und setzt sich zu mir. So schwarzes Haar hab ich noch nie gesehen, schwarz wie flüssiger Teer, sie heißt aber Blanca. Sie zeigt auf den Port, unterhalb meines Schlüsselbeins, will wissen, was das ist, ich ill, sag ich, here pour in medicine, sag ich. Sie versteht poor statt pour. »You poor?« Nein, not poor, lache ich. Da lacht sie auch. Sie will wissen, wo ich wohne.

Blanca kommt immer spät, so gegen Mitternacht, dafür bleibt sie den halben Morgen bei mir. Am Mittag muss sie wieder in der Küche sein, im Hotel Mariasol, sie wäscht ab, ich kann das Waschmittel an ihren Armen riechen, Eukalyptus, ganz schwach. Sie ist eines Nachts einfach aufgetaucht, hat hola gesagt und sich neben mich aufs Bett gelegt. Hola. Erst hat sich bei mir gar nichts gerührt, außer das Herz, das fing an zu knattern wie die Vespa frühmorgens. Ich lag schlaffer da als der tote Pelikan am Strand.

Dann ging's doch.

Eukalyptusgeruch macht geil. Oder teerschwarzes Haar.

Im Spital hat man mir gesagt, ich könne meine Spermien

einfrieren lassen. Das ist hundert Jahre her. Wenn ich an die Chemo denke, zischt sie gleich davon wie ein Komet. Manchmal fährt Blanca zögernd mit dem Zeigefinger über meinen Port, meinen Zauberknopf. You ill? Sie will besser Englisch lernen, sie will servieren statt abwaschen im Mariasol. Also liegen wir auf dem Bett, und ich zeige auf die Dinge. »Curtain.« »Wall.« »Floor.« »Ceiling.« »Pillow.« »Sheet.« »Shit?«, sagt sie und lacht. Wenn sie lacht, sieht man die Zahnlücke oben rechts. Kleine Kinder haben solche Lücken. Ich weiß nicht, wie alt sie ist. Älter als ich. Ich frage sie nicht. Ich möchte nicht, dass sie schon vierzig ist.

Ich wasche grad meine Haare über dem kleinen Waschbecken, ich hab wieder Haare, da steht Blanca in der Tür, es ist aber erst acht Uhr abends. Ich soll mitkommen, sagt sie, to doctor, sagt sie. Ich brauche keinen Doctor, sag ich und schüttle den Kopf. Die Haare sind schon wieder so lang, dass es beim Schütteln spritzt. Yes, sagt sie, you ill. Doctor makes better. Doctor very good. Sie hat eine violette Blume überm Ohr. Also gehen wir.

Wir gehen den Hang hoch, die Sonne taucht ab, es dämmert, ein paar Hunde laufen uns nach und kehren dann plötzlich um, hier muss die Hundegrenze sein. Der Weg wird schmal, Blanca lässt meine Hand los, übernimmt die Führung. Schöner Doctor, das. Wohnt am Ende der Welt. Five minutes, sagt Blanca, aber es sind noch mindestens dreißig Minuten, bis wir vor einer Hütte stehen bleiben, Blanca ruft etwas, eine kleine Frau erscheint und bittet uns herein.

Ich hab immer noch den Geschmack von diesen Blättern im Mund, als ich am nächsten Morgen erwache, süßbitter und abgestanden, so als hätte ich ein paar Teebeutel gefressen, Pfefferminze oder was Ähnliches. Der Doctor gestern war ein Medizinmann, sah aber nicht nach Hokuspokus aus, trug Hemd und Hose und eine Schirmmütze. Auf einer Art Altar standen Bilder von allerlei Heiligen, vor der Jungfrau Maria brannte eine Kerze. Der Doctor atmete tief ein, spuckte mir sprühend in den Nacken und überreichte mir etwas, das aussah wie eine Zigarre. »You eat«, flüsterte Blanca. Die Zigarre bestand aus aufgerollten grünen Blättern, ich biss hinein, während der Doctor zu murmeln anfing, und plötzlich musste ich laut herauslachen, Blanca flüsterte »not« und schaute mich böse an. Lachen machte vermutlich den Zauber kaputt.

Die ganze Zigarre hab ich aufgegessen.

Ich bedankte mich.

Als ich sagte »How much«, drehte sich der Doctor zur Wand. Aber die kleine Frau nahm meine Geldscheine entgegen, fünfzig Dollar, wie Blanca vorgeschlagen hatte. Draußen war tiefe Dunkelheit, und mir ging es gut. Zwischen dem jetzigen mir und dem anderen mir waren etwa zehntausend Kilometer, Luftlinie.

Blanca ist eine ganze Woche lang nicht erschienen. Vielleicht ist sie sauer, vielleicht hab ich mich falsch benommen bei Doctor Habakuk. Inzwischen hab ich ein richtiges Programm: laufen, schwimmen, liegen, schlafen. Bald bin ich braun wie ein Indio. Rund um den Port ist die Haut heißer als der Rest, etwas röter auch, aber das hat nichts zu bedeuten. Meine Angst ist nur noch so groß wie eine schwarze Bohne. Nach zwei Tequilas ist sie ganz weg. Entlassungsbefund nach Knochenmarkzytologie: hypoplastisches Mark, Blastenanteil <3%. Da war noch Mai, und jetzt ist Juni, und das Leben heißt hier la vida. Fast wie Maier. Die heißt Vita.

Ausgerechnet als ich mich kotzend über das kleine Waschbecken beuge, steht Blanca wieder unter der Tür. »Ill?«, sagt sie. Ich sag nichts. Ich kotze. Ich werfe mich aufs Bett. Mann, ist mir schlecht. Dieser verdammte Fisch. Man bestellt aber auch nicht rohen Fisch, Mann. Der war hinüber, und ich hab's nicht gemerkt, weil so viel Knoblauch und Zitrone dran war. Blanca hat von irgendwoher ein Becken gebracht. Wenn ich mich aufsetz und mich krümme, streicht sie mir über den Rücken. »You hot«, sagt sie. Jetzt also auch noch Fieber. Heißer Protest. Augenlider flatterig, Haut zitterig. Dunkle Wellen lösen sich von der Wand und überrollen mich, ich seh Blanca nur noch vage wie durch bewegtes Wasser. Vielleicht war es doch nicht der Fisch.

Es geht nicht.

Ich muss zurück. Zürich. Schwester Herta und all das.

38 Minuten bis zum Flughafen Huatulco.

Blanca winkt, als das Taxi losfährt.

Mörderisch schneidet der Taxifahrer die Kurven.

»Not mucho traffic here«, sagt er.

Was soll's. Ich kann auch gleich hier sterben.

4
Vita

Die roten Turnschuhe stehen nicht mehr im Treppenhaus. Vita kauft jetzt immer ein bisschen mehr ein als früher, könnte ja sein, dass Lazar wieder mal zu ihr hochkommt. Abends sitzt sie stundenlang am Computer und googelt. Tansanische Eisenbahn, Kigali, Mwanza, Tropenkrankheiten, afrikanische Romanautoren, ostafrikanische Flora. Und Leukämie.

Kollege Kurt, der sich mit einer Bänderzerrung ins Spital begeben hat, ist noch nicht zurück, sie haben ihn gleich dabehalten, der Lunge wegen. Vita hat tatsächlich mehr zu tun. Was sie Lazar vorgeflunkert hat, ist eingetroffen. Wenn sie heimkommt, ist sie müde wie nach einer Wanderung. Jetzt ist mir klar, dass ich alt bin, denkt sie. Bis anhin hat sie das Altsein meistens vergessen. Jetzt tun nicht mehr nur die Füße weh, auch die Handgelenke, der Nacken, das Kreuz. Sie trinkt reichlich Rotwein, dann fühlt sie sich besser, denkt nicht dauernd daran, dass ihr das Leben immer farbloser erscheint und dass es in absehbarer Zeit zu Ende ist. Im Büro gibt sie sich munter, läuft beschwingt, als tue nichts weh. Wenn sie sich in den Schaufenstern spiegelt, sieht sie eine aufrechte Gestalt. An richtigen Spiegeln in einem Warenhaus läuft sie mit gesenktem Kopf vorbei.

Moritz-Morris hat geschrieben. Ach Sohn, denkt Vita und streichelt ein bisschen den Umschlag, bevor sie ihn aufschlitzt. Er lebe mit einer neuen Frau zusammen, schreibt Morris. Sie heiße auch Mia, wie ihre Vorgängerin, Sams Mutter. Komisch, nicht? Von Mia 1 müsse er sich noch scheiden lassen, kein Problem, weil Stiefsohn Sam schon lange keine Zahlungen mehr beanspruche. Er habe viel zu tun, sei jetzt Ressortleiter. Und schöne Grüße.

Vita schaut sich immer wieder mal das Foto an, das Morris geschickt hat: Er und Mia 2 auf einer blau gestrichenen Sitzbank. Beide sehen sie ernst aus. Mia 2 hat dunkle Locken und ein Gesicht wie, nun ja, wie ein Gesicht. Morris ist beinahe kahl.

Als Morris nach Australien zog, dachte Vita, halb so schlimm, ich kann ihn ja besuchen. Aber als er dann immer weniger von sich hören ließ und Mia 1 heiratete, ohne seine Eltern einzuladen, wurde die Idee einer Australienreise blasser und blasser. Jakob war's recht. Und als Jakob starb, dachte Vita, was soll ich dort. Das ist ja, wie wenn die Pflanze zur Gießkanne reiste.

Morris hat seine Vergangenheit abgestreift wie eine alte Haut. Australische Krokodile haben die Haut aufgefressen. Vita hat sich damit abgefunden.

»Alo, Maier«, sagt Lazar im Treppenhaus. Und dann ist er auch schon weg. Sie haben nur vierzig Treppenstufen gemeinsam.

Lazy heißt er ja jetzt. Sein Vater hat ihm seinerzeit den

Namen verpasst. »Ich war auf dem Gymnasium und hatte schlechte Noten.« Lazy, der Faule. Aber er sei gar nicht faul gewesen, erzählte er, als er damals bei Vita in Jakobs Ohrensessel saß. Nur müde vom Anschiss. Flog von der Schule und landete im Internat. Die Müdigkeit verschwand und kam erst später wieder.

Sie hat ein paar von Jakobs Büchern hervorgeholt und schaut sich an, was er angestrichen hat. Er hat nie Romane gelesen wie sie. Und sie hat mittlerweile auch damit aufgehört, weil sie im Bett immer gleich einschläft. Die Abschnitte, die Jakob markiert hat, haben genau die Länge, die ihr nun zusagt:

Der Weise dagegen fleht nicht um Leben und fürchtet sich ebenso wenig, nicht zu leben. Denn für ihn ist das Leben nicht voller Hindernisse, und er glaubt auch nicht, nicht zu leben sei etwas Schlimmes. Wie er beim Brot nicht das allergrößte, sondern das süßeste auswählt, so entscheidet er sich auch bei der Zeit nicht für die längste, sondern für die angenehmste.

Vita fragt sich, wann Jakob das angestrichen hat. Wann er an das Ende seiner Zeit dachte. Ob er gern daran dachte. Oder mit Bangen, weil es näher kam. Warum er ihr nicht sagte, was er las. Sie hätte sehr wohl zu seinen Büchern greifen können. Die aktuellen lagen immer, mit rosa Post-it-Zettelchen versehen, auf dem Fensterbrett neben dem Ohrensessel. Sie, Jakobs Ehefrau, befasste sich mit Jakobs Nahrung, Jakobs Kleidung, Jakobs Körper, Jakobs Stimmungen. Sie mochte sich nicht auch noch mit seinen Gedanken befassen. Das wäre dann wohl zu viel Jakob gewesen. So legt sie sich im Nachhinein zurecht, wie das war damals. Warum sie diesen Band von Epikur nie zur Hand genommen hat.

Verwundert stellt sie fest, dass Jakob auch Gedichte gemocht hat. Jakob, der Zahlenmensch. Jakob, die Trockenfrucht. Jakob, der Hasser allen Überschwangs. Manche der angekreuzten Gedichte handeln von der Vergänglichkeit:

Vor meinem eignen Tod ist mir nicht bang,
nur vor dem Tode derer, die mir nah sind.
Wie soll ich leben, wenn sie nicht mehr da sind?

Vita kann es nicht fassen, sie muss gemeint sein, sie war es, die ihm nah war. Andere gab es nicht. Moritz war zu weit weg. Und von einer Geliebten war nie die Rede. Vor Vitas Tod war ihm bang. Er hat sich vorher davongemacht. Von der Dichterin Mascha Kaléko hat Vita bislang nie gehört. Warum hat ihr Jakob nie so was gezeigt?

Das Lesen in seinen Büchern bewirkt, dass Vita ihr Bild von Jakob verändern muss. Das ist ein unbehaglicher Vorgang, denn mit Jakobs Veränderung stimmt auch das Bild nicht mehr, dass Vita von sich selber hat. Das fühlt sich nicht gut an. Wie ein leichtes Hinken fühlt es sich an.

In Travel-Rolfs Schaufenster liegen ein paar wunderbare Birnen, und darüber hängt ein Plakat mit der Aufschrift: Mögen Sie eine Birne? Kommen Sie rein!

»Guten Tag«, sagt Vita, »ich hätte gerne eine Birne. Oder ist an den Birnen was faul?« Rolf lacht. Die Birnen seien aus

Südafrika, und er habe neuerdings ein Sonderangebot nach Kapstadt. Sie sei die erste Interessentin. »Ich passe wohl nicht so ganz in dein Sonderangebot, was?«, sagt Vita. Rolf lacht wieder. Rolf lacht gern. Wer ihm zuschaut, denkt Vita, muss glauben, Lachen sei was Einfaches. Sie hat es sich nie richtig beigebracht. Sie und Jakob sind ohne viel Lachen ganz gut ausgekommen. Aber jetzt würde sie sich gern einmal so richtig lotterig lachen. Würde gern einmal spüren, wie das ist, nach einer Lacherei so richtig erschöpft zu sein. Vielleicht wie nach einer Portion Sex. Sie ist wohl zu alt dafür. Ja, das ist sie wohl. »Ich hab mir selber ein Sonderangebot gemacht«, sagt Vita. »Ich gehe vielleicht nach Dodoma.« »Aha«, sagt Rolf, und es ist ihm anzusehen, dass er vergessen hat, wo Dodoma ist, und jetzt wie wild an seinen Synapsen zupft. Und als ihm Vita auf die Sprünge hilft, sagt er etwas fassungslos: »Ist das dein Ernst?«

Um sich das Einschlafen zu erleichtern, denkt sich Vita schöne Situationen aus. Lange gut geklappt hat das mit der Vorstellung, sie treffe per Zufall auf Moritz. Sie hat dazu eine Hotellobby in London eingerichtet mit einer breiten Treppe, auf der Moritz herunterschreitet. Moritz, ruft sie dann, breitet die Arme aus und ruft: Was machst du denn hier? Moritz lacht wie früher und nimmt einen Schluck aus ihrem Glas. Immer noch Sherry-Trinkerin, wie? Ja, und dann stellt sich heraus, dass Moritz für seine Firma ein paar Tage in London bleibt, worauf Vita ihr Städtewochenende verlängert und mit Moritz da- und dorthin geht, in Museen und Gärten und Musicals und indisch essen, weil er das immer so gemocht hat, und es gibt viele Umarmungen und Weißt-du-noch-Geschichten.

Später, als der reale Moritz immer ferner und blasser wurde, schuf sich Vita eine neue Schön-wär's-Situation, im Kirchengemeindesaal mit Diaprojektion und Zuhörerschaft. Sie zeigte Bilder von ihren Tansania-Reisen, stellte Projekte von Hungerhelp vor, erntete anhaltenden Applaus, und Josef, der Hungerhelp-Leiter, sagte leise, Vita, du bist einfach eine wunderbare Frau, ich muss immer an dich denken, kommst du noch zu mir nach Hause? Und Vita schüttelt mit einem zärtlichen Lächeln den Kopf.

Auch das ist vorbei. Der reale Josef ist nicht mehr bei Hungerhelp und lebt nun irgendwo bei Mönchengladbach. Vita hat immer mehr Mühe, sich schöne Situationen auszudenken. Wenn sie versucht, eine Geschichte einzurichten, schweift sie rasch ab und denkt an Dinge wie Schimmel in der Badezimmerecke, neue Schuheinlagen oder die Usambaraveilchen, die am Sterben sind.

Aber dann fällt ihr Lazar ein.

Ein heißer Sommertag, sogar im dunklen Treppenhaus der Torstraße 6 ist es warm. Lazy kommt raschen Schrittes herunter, kniekurze Hose, Schuhbändel offen. »Alo, Maier.« »Semesterferien?«, fragt Vita. »Ja«, sagt Lazy, »ich geh ein bisschen ins Spital.« Klingt wie: ein bisschen ins Schwimmbad. Wohl weil Vita ein betroffenes Gesicht macht, sagt er noch: »Nur für einen Tag«. Dann ist er weg. Er hat besser ausgesehen als letztes Mal, denkt Vita. Wann war das? Hat braungebrannte Beine und einen anderen Schwung. Sie hätte ihn fragen müssen. Spital, wozu. Spital, welches. Immer fällt ihr alles zu spät ein. Das war schon immer so, hat mit dem Alter nichts zu tun. Nein, sie ist, wie sie immer war, bis auf diesen dünnen Überzug aus Schmerzen. Ja, sie hätte fragen müssen. Ob er vielleicht Besuch möchte. Könnte ja sein, dass gar niemand vorbeischaut in diesem Weiß-nicht-wo-Spital. Dass Lazys Mitbewohner gar nicht hier ist während der Semesterferien. Travel-Rolf wüsste das wahrscheinlich. Aber Vita will ihn nicht stören, jetzt, wo gerade zwei adrette Männer seinen Laden betreten haben. Vielleicht essen sie gerade gemeinsam Birnen.

Vita schleppt ihre Einkäufe nach oben. Es sind ein paar Flaschen dabei. Und zwei Kilo frische Aprikosen. Sie könnte daraus Marmelade kochen und den Studenten zwei Gläser vor die Tür stellen. Oder klingeln und etwas Freundliches sagen, falls der Mitbewohner aufmacht. Könnte ihn ausfragen, könnte sich vielleicht sogar ein bisschen in der Wohnung umsehen. Sie war noch nie in dieser Wohnung. Vita, sei nicht einfältig, sagt sie. Frische Marmelade ist denen so was von egal.

Vita setzt sich in Jakobs Ohrensessel, zieht den Schemel heran und legt die Beine hoch. Sie sind ganz schwer von der Hitze. Wenn sie alle Aprikosen einkocht, ergibt das ungefähr acht Gläser, das reicht ihr für vier Monate. Außer sie würde auch abends frühstücken, also spätstücken, dann wären die Gläser in zwei Monaten leer. Ob in zwei, vier, acht oder sechzehn Monaten – wie wird das Leben dann sein? Sie nimmt eins von Jakobs Büchern vom Fensterbrett und sucht etwas Angestrichenes:

Nur ein kleiner Teil des Lebens ist es, den wir leben. Die gesamte übrige Spanne ist nicht Leben, sondern Zeit.

Recht hat er, dieser Seneca. Hat schon vor zweitausend Jahren gewusst, was Vita Maier in der Torstraße 6 haben wird: viel Zeit, aber wenig Leben.

Als die vollen Aprikosenmarmeladegläser in einer Reihe auf dem Küchentisch stehen und leuchten wie ein Streifen Abendsonnenlicht, weiß Vita, was sie in den nächsten Tagen tun wird. Sie wird in den Kleiderschränken Ordnung machen. Jakobs letzte Sachen entsorgen. Und ihre überschüssige Zeit.

Vor dem Einschlafen denkt sich Vita wieder eine Lazy-Geschichte aus: Sie drückt leise die Türklinke runter und späht ins Zimmer. Ein Bett, Stille, zugezogener Vorhang, gedämpftes Sommerlicht. Es ist Lazy, der im Bett liegt, auf dem Rücken, Augen zu, ein Schlauch am Arm und einer von unter der Decke. Vita tritt näher. Lazy schläft. Vita stellt lautlos ihre Tasche ab, trägt einen Stuhl ans Bett, setzt sich und schaut Lazy beim Ein- und Ausatmen zu. Er sieht erschöpft aus, dünn, unrasiert. Auch Vita schließt die Augen, sie wird einfach ein bisschen hier sitzen, dann wieder verschwinden. »Alo, Maier.« Lazy ist wach! »Wie hast du mich gefunden?« Vita lächelt. Sie habe so ihre Kundschafter, sagt sie. Travel-Rolf zum Beispiel. Der habe Lazy kürzlich mal mit einer Stadtspital-Tragetasche gesehen. »Also hab ich's versucht«, sagt Vita. »Hoffentlich magst du Besuch.« Lazy nickt, und Vita holt aus ihrer Tasche die sechs perfekten Aprikosen, die sie beim Marmeladekochen zur Seite gelegt hat, legt sie im Kreis auf Lazys Tischchen. »Danke«, sagt Lazy. »Scheiße hier.« »Ich hab nie Besuch«, sagt er noch, dann knetet Vita ihr Kopfkissen zurecht und nimmt den einfallenden Schlaf entgegen.

Lazy geht prima zum Einschlafen. Vita variiert die Spitalbesuche. Mal schiebt sie Lazy im Rollstuhl durch den Korridor, mal bringt sie ihm ein Fläschchen Whisky. In Wirklichkeit begegnet sie Lazy nie. Vermutlich sei er weg, hat Travel-Rolf gesagt, sicher irgendwo am Meer. Ach Göttchen, hat Rolf gesagt, ich möchte auch wieder mal fort.

Frau Gress im Haus nebenan hat Vita vom Fenster aus zugewinkt. Ob sie Lust habe auf Aprikosenkuchen, hat sie gerufen. Eigentlich hat Vita für eine Weile genug von Aprikosen, trotzdem ruft sie zurück: Ja, gerne. Sie war schon lange nicht mehr bei der blöden Gress, und wenn die schon mal so nett ist, warum nicht. Der Kuchen ist schlecht, zu viel Eierguss, und Frau Gress hat wieder mal was Unmögliches an, Hose und Bluse aus königsblauem Schlabberstoff, die Bluse viel zu kurz, so dass man die überaus fetten Hüften und Schenkel sieht. In Gedanken stellt Vita das Wohnzimmer um, wirft eine helle Decke über das Glanzledersofa und hängt alle Bilder ab. Sie hebt mit der Schuhspitze den

Teppich hoch, sieht, dass er auf der Unterseite nicht gemustert, sondern grau ist, also kehrt sie ihn um, und dann hängt sie vom Schrank noch die Vitrinenfenster aus. »In Syrien hatten wir einen wunderbaren Aprikosenbaum«, sagt Frau Gress. Vita horcht auf. Wie bitte, Syrien? Was hat die königsblaue Gress in Syrien gemacht. Und dann erfährt sie, was für ein aufregendes Leben Frau Gress mit ihrem Theodor geführt hat, immer fassungsloser hört Vita zu. Und sie hat immer gedacht, die Gress, dieser Ausbund an Biederkeit. Sie seien in einundfünfzig Ländern gewesen, sagt Frau Gress und führt Vita ins Esszimmer zu einer Weltkarte. Vita möchte das Esszimmer sofort umstellen, die schokobraunen Sitzkissen aus dem Fenster werfen und ebenso die bronzene Früchteschale, aber sie muss sich neben Frau Gress vor die Karte stellen und sich mit wachsendem Neid anhören, was Frau Gress wo erlebt hat. Alle Schauplätze sind mit Stecknadeln auf der Weltkarte markiert. »Mein Theodor«, sagt Frau Gress, wenn sie von ihrem Mann spricht, dem Tiefbaufachmann, dem verstorbenen. »Mein Theodor war immer auf Achse.« Wenn er weg war, bei seinen Baustellen und Freundinnen, habe sie sich zu helfen gewusst. An Männerbekanntschaften habe es ihr nie gefehlt. Theodor habe das nicht gestört. Vita versucht sich vorzustellen, wie Frau Gress beim Lächeln die Lippen über die unschönen Zähne zieht, wenn sie an der Tür eine Männerbekanntschaft empfängt. Vielleicht hat Frau Gress irgendwo eine Zeittafel aufgehängt, wo sie mit Stecknadeln die Männerbekanntschaften markiert hat. »Und Sie?«, fragt Frau Gress. Vita erschrickt.

Will Frau Gress nun wissen, mit wem und wie oft sie den sogenannten Geschlechtsverkehr ausgeführt hat? »Reisen ist was Schönes«, sagt Vita. »Ja«, sagte Frau Gress, »ich habe von allen Reisen etwas mitgebracht«, und ihr Arm schweift zeigend über die angesammelten Erinnerungswaren. Werfen Sie's aus dem Fenster, denkt Vita, aber nicht, wenn ich grad drunter durchlaufe, und dann bedankt sie sich mit gut eingeübter Herzlichkeit für die spontane Einladung.

Lieber mein Jakob als ihr Theodor, sagt sich Vita. Lieber mein Leben als ein anderes. Lieber magere Tage als vollfette.

Ein neuer Sammelbrief für Hungerhelp ist fällig. Vita schreibt: Liebe Freunde! Einmal mehr wenden wir uns hoffend an Sie. In der Zentralafrikanischen Republik ist Not ist groß, größer denn je! Hunderttausende sind auf der Flucht vor den Kämpfen christlicher und muslimischer Milizen! Die Wirtschaft des gebeutelten Landes ist fast zusammengebrochen. Das alles heißt: Hunger! Die Vereinten Nationen schlagen Alarm. Bis zu 1,3 Millionen Menschen müssten im kommenden halben Jahr dringend mit Nahrung versorgt werden. Unser Hilfswerk ist klein, aber aktiv. Wir helfen mit Ihrer Spende den Ärmsten! Diese haben keine Möglichkeit, es Ihnen direkt zu danken. Stellen Sie sich einfach den Blick der Mütter vor, die ihren Kindern endlich zu essen geben können. Dieser Blick ist tiefer Dank!

Ihr Hungerhelp-Team

Sechs Ausrufezeichen. Egal.

5
Lazy

Blanca hat mir noch den kleinen Gecko in den Rucksack gesteckt, aus rosa Stoff, mit Sand gefüllt. Ich hab ihn in meinem Spitalzimmer auf den Nachttisch gelegt, aber die Schwester hat ihn gleich weggenommen. Keimträger, hat sie gesagt. Nun bin ich also doch wieder hier. Man habe mich gesucht, als ich nicht wie abgemacht zur Konsolidierung erschienen sei. Man habe sich Sorgen gemacht. Der Arzt formuliert immer wieder höfliche Vorwürfe. All das hätten Sie sich ersparen können. All das, das sind meine Kotzanfälle, die Fieberschübe, die Lungenentzündung. Ich denke an den Fuchs in Oaxaca, meinen Nagual. Dem geht es jetzt genauso mies, wenn ich das richtig verstanden habe mit dem Nagual-Hokuspokus. Meine Blutwerte sind so schlecht, dass man mir Transfusionen gibt. Es dauert eineinhalb Stunden, bis das Blut eines Beutels in mich hineingesickert ist. Das sind neunzig Minuten, die würden reichen, um mir neunzig Leute vorzustellen, von denen das Blut stammen könnte. Ich tu es nicht. Es ist mir zu unheimlich, das fremde Blut. Ich hätte gerne nur mein eigenes. Vielleicht noch das von Blanca. You ill. Doctor very good. Doctor makes better.

In der Türkei hat man eine Tempelanlage ausgegraben, die ist zwölftausend Jahre alt. Auf einer Stele ist ein Relief von einem Fuchs. Ich liebe diesen Fuchs. Er hat zwölftausend Jahre überlebt. Der Name der Tempelanlage ist Göbekli Tepe, das heiße Bauchnabel-Hügel, hat der Professor gesagt. Die Vorlesung war eine der wenigen, die ich nicht verschlafen habe. Das war noch knapp vor der allmächtigen Scheiße. Ich hab mir das Fuchsbild kopiert, es liegt irgendwo in der Wohnung. Irgendwann werde ich dort wieder einziehen, denk ich mal.

Ich darf den keimtragenden Gecko wieder auf den Nachttisch legen. Ich darf alleine pissen. Ich darf zwei Bettnachbarn haben, einen Schnarcher und einen Räusperer. Ich darf den wunderbaren Korridor auf und ab schreiten. Ich darf wieder Besuch haben. Das hat Schwester Leslie gesagt, Schwester Leslie ist nett, Schwester Leslie weiß nicht, dass mich niemand besuchen wird. Ich könnte mich samt Infusionsgerät vor dem Hauptportal auf die Straße stellen und die Passanten fragen: Guten Tag, hätten Sie vielleicht Lust, mich zu besuchen? Natürlich müsste ich eine Auswahl treffen, ich könnte zum Beispiel nur Leute fragen, die etwas Rotes tragen oder Leute ohne Tasche oder nur Dicke oder nur Bebrillte. Und wenn sie nicht wissen, was sie sagen sollen, könnte ich ihnen pro halbstündigen Besuch fünfundzwanzig Franken anbieten samt Mineralwasser. Ich müsste erst noch Geld wechseln, hab nur Pesos und ein paar Dollar in meiner Reisetasche. Schwester Leslie hat an Kleiderbügel gehängt, was zerknittert in meiner Tasche war, und einiges hat sie in einen Plastiksack gesteckt und hat ihn zugeknotet. Das müsse man vielleicht mal waschen. Schwester Leslie ist nett, ich könnte sie fragen, ob sie mich mal besuchen kommt, ohne weiße Schürze. Sie hat in meiner Tasche auch mein leeres Tagebuch gefunden, die schwarz-blaue Kette, das Heiligenbildchen aus der Kirche Nummer 2, das Pornoheft mit den Totenschädeln und den kaputten Seeigel.

Ich hab also Elsie angerufen. Ich hab's getan.

Nach einer Spritze liege ich flach, Augen zu, Hände unter der Decke über meinem Göbekli Tepe gefaltet, da sagt sie plötzlich Hallo und steht neben meinem Bett. Elsie. Jetzt ist sie blond. Im Übrigen ist sie Elsie. Gelbes Kleid, braune Haut. Hastig suche ich den Druckknopf, um das Kopfteil hochzustellen, drücke falsch, und die Beine gehen in die Höhe. Elsie lacht. Gestern hab ich angerufen, heute steht sie schon da. »Das ging aber schnell«, sag ich, »wie wenn ich am Sterben wär.« »Man weiß ja nie«, sagt Elsie und lacht wieder. Sie zieht sich einen Stuhl ans Bett, nun seh ich auf sie herab, seh auf den Scheitel, wo es braun nachwächst. Das hat mir so gut gefallen, das wilde rotbraune Eichhörnchenhaar, es passte, weil sie immer sprang, nie ging. »Erzähl«, sagt sie, aber ich weiß nicht was, von der allmächtigen Scheiße und der Flucht nach Mexiko hab ich ihr schon am Telefon erzählt. »Nein, du«, sag ich. »Das mit Sven weißt du ja schon«, sagt sie. Ja. Weiß ich. Sven ist ihr Neuer. Weil sie nicht weiterspricht, frage ich, ob sie was trinken will, aber ich glaube, es graust ihr vor dem Mineralwasser auf meinem Nachttisch. Vorsichtig zupfe ich Informationen aus ihr heraus. Und als sie nach einer halben Stunde geht, weiß ich, was alles anders geworden ist. Sie studiert nicht mehr Geschichte, sondern Germanistik wie Sven. Sie wohnt nicht mehr zu Hause, sondern in einer WG mit Sven. Sie hört nicht mehr Katie Melua und Bruno Mars, sondern Bob Dylan wie Sven, sie geht nicht mehr wandern, sondern biken mit Sven. »Mach's gut«, sagt sie. Ja, mach ich. Mach ich doch. Werd ich machen.

Die schwarz-blaue Kette hätte nicht gepasst.

Elsie hat Besucher aufgeboten. Paul und Peter stehen links und rechts vom Bett wie zwei abgefuckte Erzengel. Erst hab ich sie gar nicht erkannt, sie kommen von so weit her, von der fernen Insel der Gesunden und aus dem tief versunkenen letzten Herbst, als wir gemeinsam am Blatt rummachten. »Siehst ein bisschen anders aus«, sagt Paul, »aber gar nicht so übel, diese Frisur.« »Wann kannst du raus?«, fragt Peter. Mit raus meint er die Hölle, so hört es sich wenigstens an. Gerade als ich ansetze, die Schultern hochzuziehen, stößt der Mann vom anderen Bett einen Schrei aus. Bislang war er bloß Räusperer, ich hätte nicht gedacht, dass er so einen Schrei zustande bringt. Und gleich noch einen. Peter und Paul, immer noch stehend, blicken fassungslos zu Bett 3. Der Mann schreit, als übe er Schreie für ein Bühnenstück, und hört auch nicht auf, als zwei Schwestern eiligst

Mann samt Bett aus dem Zimmer fahren. »Der ist sonst in der Anstalt«, sagt der Schnarcher. »Setzt euch doch«, sag ich zu Paul und Peter, aber die schütteln den Kopf, sie wollten, sagen sie, nur schnell ein bisschen was Rechtes zu trinken bringen. Paul legt eine in Zeitung eingewickelte Flasche auf die Bettdecke, und Peter sagt: »Melde dich, wenn das neue Semester anfängt. Vielleicht wird ja doch noch was aus unserem Blatt.«

Vielleicht wird ja doch noch was aus dir, Lazy Laval.

Noch am gleichen Tag taucht Sven auf, ich bin gerade am Abendessen beziehungsweise Abendnichtessen. Es gibt Hackfleisch, Teigwaren, Apfelmus. »Hallo, störe ich«, sagt Sven, er fragt es nicht. »Apfelmus ist neuerdings Hype«, sagt er. »Gewusst?«

Sven sagt, im Leonardo servieren sie jetzt Apfelmus mit Wasabi zu Lachstatar, »sieht farblich etwas krank aus, ist aber essbar.« Ich seh wohl farblich auch etwas krank aus. Im Leonardo war ich schon lange nicht mehr, zum letzten Mal mit Elsie. »Und«, sag ich, »was macht ihr so, du und Elsie?« »Stört es dich«, sagt Sven, er fragt es nicht. Und dann erzählt er von der Bikertour durch Umbrien. Sie hätten zweimal in einem Hotel geschlafen. Sonst immer draußen geschlafen. Im Wald, in einem Klostergarten, in einem Rebberg geschlafen. »Viel geschlafen, du und Elsie«, sag ich. Die Teigwaren schmecken nach Metall, und das Fleisch schmeckt nach Leimstift. Alles, was ich zur Zeit in den Mund schiebe, schmeckt so. Mein Mund ist ein Chemieloch. »In meinem Schrank ist eine Weinflasche«, sag ich. »Hast du vielleicht was zum Öffnen dabei?« Sven hantiert lange mit seinem Taschenmesser, endlich ploppt der Korken raus, der Schnarcher hört es und sagt »Zum Wohl«. Es sind Weinspritzer auf Svens weißer Hose. »Sorry«, sag ich, und Sven nickt. Der Wein schmeckt nicht wie Wein. Sven will ihn nicht probieren. »Du kannst dir ein Zahnputzglas holen«, sag ich. Sven steht auf, »next time«, sagt er und reibt ein bisschen an dem Weinfleck herum. »Mach's gut«, sagt er.« Ich mach und mach und mach. Ich mach bis zum Gehtnichtmehr. Machen ist jetzt Hype.

Ich bin wieder in Ordnung, die Blastenzahl ist wieder in Ordnung, die Zukunft ist wieder in Ordnung, heute Mittag geh ich nach Hause. Doctor makes better. Doctor very good. Ich packe die Reisetasche, da sagt jemand hinter mir: »Hey, kennst du mich noch?« Raffi, Elsies kleiner Bruder. Jetzt ist er größer als ich. »Raffi«, sag ich, »hat dir die große Schwester wieder mal was befohlen?« »Das macht sie dauernd«, sagt Raffi ernst. Wir gehen hinaus in den Korridor, zur Sitznische beim Wasserautomaten. »Hier riecht es nach Spital«, sagt Raffi ernst. »Ja«, sag ich, »man kann den Geruch in der Spraydose kaufen, unten im Kiosk.« »Du machst Witze«, sagt Raffi ernst. Er bindet sich die Turnschuhe neu, und dann will er wissen, was ich eigentlich habe, und ob das wirklich so schlimm sei. Elsie und die andern reden also über mich. Ich bin ein Thema. Das ist immerhin etwas. »Willst du die ganze Scheiße von Anfang an wissen?« Als Raffi nickt, leg ich los, beginne mit den Kopfschmerzen beim Aufwachen, und den Bleifüßen, wenn ich die Treppe hochstieg, und sag, wie's war nach der Diagnose, Leukämie, genau: AML, und dass ich subito anfangen musste mit der Induktionstherapie, und wie die erste Chemo war, der Horror, und die zweite Chemo, der Terror, ich rede, als liefe in meinem Kopf ein Film ab und ich müsste ihn pausenlos kommentieren, erzähle, dass ich nach Mexiko abgehauen und krank zurückgekommen bin und dass ich nach Hause kann, aber alle drei Wochen wieder herkommen soll zur Konsolidierungstherapie, die in vier Blöcken verabreicht wird, und ich rede und rede, und Raffi hört zu, er ist der Erste, dem ich das alles erzähle, Raffi mit dem Gesicht voller Pickel und den übergroßen Füßen. Das musste mal gesagt sein, das alles. »Danke«, sagt Raffi. »Danke auch«, sag ich. Schwester Leslie geht vorbei, sieht aus, als würde sie winken, wenn sie nicht beide Hände für eine Bettschüssel brauchte.

Im Haus Torstraße ist es so still wie immer. Die Leute, die hier leben, sind nicht lauter als Tote. In der Wohnung riecht es nach nichts. Der Kühlschrank summt und ist leer. Hat nun acht Wochen leer gesummt. Ich leg den rosaroten Gecko auf den Küchentisch und schiebe eine CD aus Mexiko ein: No vale nada la vida. Gefällt mir in dieser Umgebung nicht mehr. Ich brauche neue Musik. Etwas, das nicht an Elsie erinnert. Vielleicht Jodel und Alphorn. Morgen gehe ich einkaufen. Morgen schau ich mir das Vorlesungsverzeichnis an. Morgen mach ich mich munter.

Sieben Wochen bis Semesteranfang. Drei Konsolidierungen. Schwester Leslie sagt Konso. Lieber Konso als Kondo, hab ich gesagt und musste dann umständlich erklären: lieber konsolidieren als kondolieren. Witze, die man erklären muss, sind nicht lustig. Und also hat Schwester Leslie auch nicht gelacht. In der Konso wird man mir einem Cytarabin-Cocktail servieren. Schmeckt gut mit einem Schuss Campari, Eis und Pfefferminze.

Früh am Morgen gehe ich das unverändert stille Treppenhaus runter, und da sitzt tatsächlich ein Hund. Eine wilde Mischung von Hund. Sitzt vor der Wohnung des mürrischen, schwerhörigen Manns und schaut mich erwartungsvoll an. Wartet er auf ein Gespräch, eine Streicheleinheit, einen Tritt? Als ich direkt vor ihm steh, drückt er die Nase in den Türspalt, er will rein zum mürrischen Mann. Ich läute, es tut sich nichts, ich klopfe, es tut sich nichts, ich drücke die Klinke runter, die Tür geht auf, der Hund geht rein, und jetzt steht der Mürremann da und schaut mich misstrauisch an. »Ich wollte nur fragen, ob Sie einen Hund vermissen«, sag ich. »Geschissen?«, sagt der Mürremann, und da kommt wieder der Hund und springt an mir hoch. »Beißt er?«, frage ich. »Klar heißt er«, sagt Mürremann, »Mausi heißt er.« Ich glaube, ich hör nicht richtig. Mausi? Dieses borstige Stück? Aber es ist Mürremann, der nicht richtig hört. Hört auch nicht, dass ich Tschüss sag, hat schon die Tür zugeknallt. Ich schau mir zum ersten Mal das Türschild an. Rinderknecht Alfons. Mit Mausi.

Nun ist mein Kühlschrank voll mit bester Schmatze, und ich bin auch voll, mit Cytarabin. Essen geht gar nicht. Rollläden runter, Kissen aufs Gesicht. Keine Musik. Die neuen CDs sind noch nicht mal ausgepackt. Wie schlecht einem sein kann, das weiß ich inzwischen. Aber dass Handflächen und Fußsohlen brennen können, ist neu für mich. Auch die Augen brennen. Wenn ich mich aufraffe zum Pinkeln, seh ich im Badezimmerspiegel ein rotäugiges Kaninchen. Ich möchte es nicht streicheln, aber es folgt mir zurück zum Bett, legt sich aufs Kissen und riecht so schlecht, dass mir grad wieder übel wird. Ich kotze Luft.

Zum Glück ist niemand da. Ich würde alle hassen, die mich so sehen, mich selbst hasse ich auch. Einzig Blanca hätte ich gern hier. You ill. Blancas Hände hätte ich gern.

Ich werde gestraft, von wem. Ich werde gestraft, wofür. Ich werde gestraft, warum ich. Handflächen und Fußsohlen fühlen sich an wie gepeitscht. Ich hab nichts verbrochen. Ich weiß nicht, was ich verbrochen haben könnte. Ich müsste mal mein Gewissen ans Licht und unters Vergrößerungsglas zerren, mich zu erinnern versuchen, woher die schwarzen Flecken stammen. Von Falschgemachtem, von Nichtgemachtem, von Blödgemachtem. Das Blödgemachte hinterlässt die kleinsten Flecken. Ich hab mal dem Kindermädchen Rosamund fünf Popel in den Kaffee gestreut, sie hat ihn getrunken. Und ein Stücklein Kacke in ihrem Gebetbuch zerquetscht. Sie hätte Schlimmeres verdient gehabt.

Ich möchte ganz gerne sterben.

Nun hab ich mich fürs neue Semester eingetragen, hab nur das Minimum belegt plus »Die Nahost-Frühkulturen unter dem Aspekt des nichtreligiösen Gemeinschaftsmodells«. Vielleicht läuft mir da das Füchslein wieder über den Weg. Wer mir sonst noch über den Weg laufen wird, das will ich mir vorerst gar nicht ausmalen. Who knows, vielleicht werde ich menschenscheu, werde so ein mürrischer Mann, wie der im unteren Stock, ein Rinderknecht. Ich weiß nicht, wie ich mit Leuten reden soll, die nie in der Scheiße gestanden haben, auch nicht mit dem kleinen Zeh. Zurzeit tun mir alle Knochen weh. Seltsam, ich hab immer gedacht, Knochen seien nervenlos, so eine Art Gestein. In drei Wochen ist ein neuer Cytarabin-Cocktail fällig. Dann werde ich mich beschweren. Was für ein Teufelszeug mixen Sie in meine Drinks, Herr Doktor? Haben Sie das mal ausprobiert?

Heute war Maier im Treppenhaus. Schaut mich so forschend an wie ihren Daumen nach einem Schnitt mit dem Küchenmesser. »Semesterferien?«

»Ja.« »Hast du was Schönes vor?« »Ich geh ein bisschen ins Spital.« »Ach.« »Nur für einen Tag.« »Ach so.« »Na dann tschüss, Maier.« Ich hab mir einen grasgrünen Rucksack gekauft. Hockt mir auf dem Rücken wie ein Grashüpfer, mit ihm kann ich springen, ich nehme große Sätze auf dem Weg ins Spital und durch die Höhlen meiner Denke.

In meiner Wohnung sind alle Fenster offen, damit die Übelkeit problemlos entweichen kann. Dauernd hab ich Lust auf

Frischluft, und jetzt hab ich den genialen Dreh gefunden, wie ich sie mir holen kann: Mausi. Ich schlage mit der Faust ein paarmal an Rinderknechts Tür, drinnen fängt Mausi an zu bellen, Rinderknecht erscheint. Ich zeige auf Mausi und sag was von Spazieren. »Manieren?«, sagt Rinderknecht. Es braucht ein paar weitere Sätze, dann überreicht er mir die Leine, und ich geh. Mit Mausi hinaus in die Welt – Buchtitel für Leseanfänger.

Mausi ist Analphabet, aber keineswegs dumm. Sieht aus wie eine große braune Rundbürste vom Straßenreinigungsamt. Reicht mir bis zum Knie, Hängeohren, Glanzaugen, Gumminase. Wedelt mit der hinteren Körperhälfte. Ich fahre mit dem Tram an den See. »Ist das ein Hund?«, fragt ein Kind. Und wie. Mausi zieht und zerrt in einem Tempo, als würden wir am Ende des Sees direkt ins Paradies springen. Ich nehme so viel Frischluft ein, dass ich fast ersticke. Wenn ich Rinderknecht richtig verstanden hab, soll ich Mausi nicht von der Leine lassen. Für die Seepromenade mag das richtig sein, aber es gibt ja noch andere Spazierwege. Morgen mache ich die Leine los. Im Wald.

Bin schon lange nicht mehr in einem Wald gewesen. Der letzte Baum, den ich mir richtig angeschaut hab, war der dickste der Welt, der im mexikanischen Tule. Still ist es hier, hat mir Schwester Leslie die Ohren mit Gaze zugebunden? Keine Vögel, keine Jogger, nur Mausi macht Geräusche, düst aufgeregt um die Stämme. »Mausi!«, er kommt, der kratzbürstige Hundemann. Geht doch, auch ohne Leine. Hier im Wald getrau ich mich, den unsäglichen Namen zu rufen. »Mausi!« Diesmal kommt er nicht, tut, was er will. Ich mag ihn bereits ziemlich sehr, nicht zuletzt, weil ich seinetwegen hier im Wald bin, in diesem grünen Licht, in dieser lärmlosen Laube, wo die wunderlichsten Gedanken aufflattern wie »Leben eigentlich schön«, und wo nichts wehtut außer alles. Nach einer halben Stunde Wegs ist Mausi endgültig verschwunden. Ich rufe »Mausi«, schreie »Mausi«, brülle »Mausi«. Verfluchter Wald. Verfluchter Rinderknecht. Nach einer weiteren halben Stunde Wegs kehre ich um. Und wer liegt zu Hause im Treppenhaus: die Rundbürste. Und was tu ich: Ich streichle sie.

Inzwischen brauche ich bloß noch zweimal mit der Faust an Rinderknechts Tür zu schlagen, schon bellt's, schon streckt mir Rinderknecht die Leine entgegen. Scheint, dass er die Bürste gern für eine Weile loswird. Und die Bürste ist ganz gern für eine Weile bei mir, läuft mir im Wald nicht mehr davon, behält mich im Auge. Statt Mausi rufe ich Ausi. Klingt nach einer Abkürzung, von Austin oder so. »Austin von der Torstraße« – ein Hund aus edlem Geblüt. Wenn ich mich unter einen Baum lege, legt sich Ausi manchmal neben mich. »Ausi, was ist das für ein Baum? Ahorn? Esche?« Von Bäumen verstehen wir beide nichts. Aber wir sind froh, dass so was Wundersames wächst, ganz freiwillig, so was mit einer Krone, die sich bestaunen, und mit einem Stamm, der sich bepinkeln lässt.

Es kommt vor, dass ich nach unserem Ausflug Ausi mit in meine Wohnung nehme und wir auf dem Sofa einschlafen, während im Fernseher das Nachmittagsprogramm läuft. Die holländische Fischküche. Almsommer. Frischen Sie Ihr Französisch auf.

6
Vita

Bald ist der Sommer vorbei. Auf Vitas Balkon blüht eine frühe Aster. Vita hat braungebrannte Beine, sie hat oft auf dem Liegestuhl gelegen. Was hat sie sonst noch gemacht. Nichts. Der Sommer ist still und warm vorbeigeströmt. Manchmal ist Vita frühmorgens, wenn es noch kühl war, an den Stadtrand gefahren und so lange durch den Wald gewandert, bis die Füße schmerzten. Oder sie ist zum See gegangen, ebenso früh, weil ihr dann beim Umziehen niemand zusah. Sie sollte mal ein neues Badekleid kaufen, aber dabei müsste sie sich nackt im Spiegel betrachten, und das wäre ziemlich furchtbar. Sie ist schon lange nicht mehr schön und hat sich immer noch nicht richtig daran gewöhnt. Der See war sanft, umfing sie kühl und freundlich. Inzwischen hat sie sich ein neues Morgenprogramm ausgedacht. Kurz nach fünf Uhr früh, mit dem ersten Tram, fährt sie zum Bahnhof und von da zum Spazieren in andere Stadtteile. Sie malt sich aus, sie müsse umziehen, und sucht sich das Haus, das ihr am wenigsten missfiele. Sie blickt hoch zu den Fenstern und Balkonen und stellt sich die Menschen dahinter vor, wie sie kochen, kopulieren, streiten, sterben. Sie mustert die Vorgärten und überlegt, was man Besseres draus machen könnte. Sie setzt sich an einen Spielplatz und wählt von den spielenden Kindern eins aus, das sie gerne als Enkel hätte. Auf diesen Stadtwanderungen redet sie kaum etwas. Guten Morgen. Einen Kaffee bitte. Stimmt so. Schönen Tag noch. Nur einmal hat sie lange mit dem Vater eines Mädchens gesprochen, das sie sich nicht als Enkelin ausgesucht hat. Er sei aus Anatolien, Automechaniker, aber arbeitslos, seine Frau putze. Sie sage immer, wie schön es die Leute hätten, bei denen sie putzte. Sie sei wieder schwanger, im vierten Monat. »Dann Leben wissen ich nicht«, hat er gesagt. Vielleicht, dachte Vita, müsste sie dem Türken anbieten, bei ihr einzuziehen. Sie hat vier Zimmer und braucht nur zwei davon. Die Türken könnten kochen, auch fernsehen, zwei türkische Sender, es würde dauernd nach Köfte und Börek riechen, und ihr Wohnzimmer wäre gefüllt mit fremden Lauten. Will sie das? Muss sie das? Über ihrem Schreibtisch hängt ein Bild mit hungernden schwarzen Kinderchen. Und sie sitzt hier im Fetten. Das türkische Mädchen fiel von der Schaukel und schrie, Vita stand auf und verzog sich.

Bevor sie wieder nach Hause fährt, setzt sie sich am Bahnhof ins Pressecafé und liest Zeitung, jedes Mal eine andere. Sie liest die Schreckensmeldungen aus Syrien, und ihr fällt ein, dass Frau Gress in Syrien mal einen Aprikosenbaum hatte.

Nachdem sie alle Stadtkreise abgeklappert hat, hört sie mit diesen Ausflügen auf.

Vita würde sich gern mal für ihr Leben bedanken, wenn sie wüsste, bei wem. Nicht bei Vater oder Mutter, die waren nur so was wie Zwischenhändler und legten noch eine Gebrauchsanweisung dazu, nein, den eigentlichen Lieferanten müsste man kennen. Die meisten Leute tun so, als kennten sie ihn, aber Vita glaubt ihnen nicht, die machen sich was vor, geben sich wichtig, reden über Gott und die Welt. Vita redet nicht mit, nicht über den Ersteren, höchstens über die Letztere, von der weiß sie ein bisschen was, zum Beispiel wie die Früchte vom Baobab schmecken, wie sich Jakobs Hände anfühlten, als er starb, wie es riecht und summt, wenn der Weißdornbusch blüht vor dem Haus, pünktlich im Mai. Sie hat sich die Zeitung geholt, starken Kaffee gemacht, sitzt am Küchentisch und denkt sich einen Dank aus: Geehrte, Geehrter, Ihre Lieferung ist angekommen, im Jahr 1943, soweit unbeschädigt, das Material scheint stabil und hat über die Jahre seinen Dienst getan. Zum Beispiel habe ich eben heute Morgen durch die mitgelieferten Ohren einen ganz wunderbaren Amselgesang gehört. Besten Dank. Allerdings komme ich nicht umhin, auch eine ganze Reihe von Reklamationen anzubringen, vor allem was die Welt betrifft, die Sie für mein und alle anderen Leben mal designt haben. Geehrte, Geehrter, nein, so nicht. Lesen Sie doch mal die Zeitung. Denken Sie sich etwas Besseres aus. Aber der Kaffee, der ist sehr in Ordnung.

Lange hat sie Lazy nicht mehr angetroffen. Doch eines Morgens, als sie sich aufmacht zum zwanzigminütigen Rundgang, den sie sich neuerdings verschrieben hat, steht er vor seiner Wohnungstür, den Schlüssel in der Hand.

Kommt er, geht er? »So früh?«, sagt Vita. »Alo, Maier«, sagt Lazy und macht überhaupt nicht den Eindruck, als sei er in den Ferien gewesen. Travel-Rolfs Annahme war wohl falsch. Er sieht so dünn und bleich und schlecht aus wie damals, als er in ihrem Ohrensessel einschlief. Er könne nicht schlafen, sagt er. Und eigentlich sei es ja Tag. »Willst du bei mir frühstücken?«, sagt Vita. Was für eine Eingebung, denkt sie. Ob sie denn nicht weggehe, fragt Lazy und blickt auf ihre tüchtigen Schuhe. Nein, sie hole nur die Zeitung, lügt sie und schämt sich dann ein bisschen, als sie oben ihre Tür aufschließen muss. Das wirkt ja wohl seltsam, wenn jemand zum Zeitungholen die Tür hinter sich absperrt. Aber Lazy scheint sich nicht zu wundern. »Komm in die Küche«, sagt sie, stellt sofort die Kaffeemaschine an und füllt eine erste Tasse. Es riecht gut, das Brot von gestern ist noch knusprig, das Licht fällt schön durch den halboffenen gelben Vorhang, Lazy schaut ihr zu. Sie stellt ein frisches Glas Aprikosenmarmelade auf den Tisch und sagt: »Jetzt erzähl mal.«

Im Frühjahr war er insgesamt sieben Wochen im Spital, April war Horror, und Mai war Terror. Dann letzte KMP. Dann ab nach Mexiko. Was ist KMP, will Vita wissen. »Knochenmarkpunktion. Mit einer Spritze wird Knochenmark aus dem Beckenknochen gesaugt.« »Tut das weh?« »Geht.«

Lazy schaufelt die Marmelade vom Glas direkt aufs Brot.

Die Morgensonne macht ihm einen halben Heiligenschein.

Der linke Unterarm ist hämatomblau.

Dann ist er abgehauen nach Mexiko, zu Juan, der die letzten zwei Jahre hier in der Torstraße gewohnt hat. Der hat eine Wohnung in Oaxaca, nicht weit vom Zocaló, dem Hauptplatz, und arbeitet in einem Hotel. Hat hier die Hotelfachschule besucht. Wird in Mexiko bleiben.

Lazy isst bereits die dritte Brotschnitte.

Seine Augen sind immer noch grün.

Vita sollte los, zu Hungerhelp, es ist schon acht Uhr dreißig.

In Oaxaca hat er alles abgeklappert. Die Kirchen im Reiseführer und die andern, die schäbigen. Die Museen. Und alles, was nicht sehenswürdig war. Ist gelaufen wie mit Motor. Dann ist er per Bus ans Meer gefahren. Nach Puerto Angel. Hat tagelang in einem Strandcafé gesessen. Da war ein Papagei, der hieß Torrito und trank Coca Cola.

Plötzlich legt Lazy die Brotschnitte auf den Teller zurück.

Er sieht aus, als wollte er schlafen.

Vita füllt seine Tasse.

Dann ging es nicht mehr in Puerto Angel, er wurde krank. War heiß wie ein Fisch auf dem Grill. Er flog nach Hause, kotzte die Tüten voll. Er wäre gern geblieben, bei den Zapotheken und Zopiloten. Jetzt geht er wieder ins Spital. Konsolidierungstherapie. Er steht auf.

»Hast du den Ohrensessel noch?«

Vita führt ihn ins Wohnzimmer und räumt ihre Jacke vom Sessel. »Mach's dir bequem.« Sie sieht, wie Lazy ein Buch vom Fensterbrett nimmt. Das kann dauern, denkt sie, ich komme zu spät zur Arbeit. Sie geht ins Schlafzimmer, um sich schon mal umzuziehen, und überlegt sich einen freundlichen Satz, mit dem sie Lazy loswerden kann.

Er schläft.

Schlafend sieht er viel jünger aus. Kinder sehen so aus. Sie würde ihn gern mal so richtig ausfragen. Aber das kommt ihr unanständig vor. So als würde sie ihn ungefragt anfassen.

Ich gehe arbeiten, schreibt sie auf die Rückseite eines alten Umschlags. Bleib, so lange du magst. Egal, wenn die Wohnung nicht abgeschlossen wird.

Als sie den Umschlag vor Lazy auf den Boden legt, sieht sie auf der Vorderseite das Signet der Friedhofsverwaltung. Die Gebühr für Jakobs Grabpflege ist fällig. Sie schreibt alles noch mal auf ein leeres Blatt, wirft den Umschlag weg und schließt leise die Wohnungstür hinter sich.

Danke, stand auf dem Blatt unter Vitas Notiz. Und das Frühstücksgeschirr war abgewaschen. Wo müsste sie nachsehen, um herauszufinden, ob er etwas geklaut hat? Sie muss gar nicht, er ist keiner, der klaut. Sie braucht sich keine Sorgen zu machen, sie hat schon welche. Bei Hungerhelp soll gespart werden. Zwei der Büroräume werden an einen Steuerberater vermietet. Vita muss umziehen, zu Kurt ins Büro. Der ist, zurück aus dem Spital, nicht mehr derselbe, macht spitze Bemerkungen, lacht kaum noch. Sie arbeiten Rücken gegen Rücken, und Vita hat oft das Gefühl, gleich komme von hinten ein Angriff. Dann dreht sie sich um und sieht, dass Kurt den Kopf auf die Arme stützt und nichts tut. Wer wird wohl, wenn es mit der Sparerei weitergeht, zuerst entlassen? Kurt, der Geschwächte, oder sie, die Alte? Wenn sie die Arbeit verliert, was wird sie dann anfangen mit ihren leeren Tagen?

Ach Jakob. Eigentlich vermisst sie ihn nicht. Aber es war auch ganz gut, als er da war.

Die Füße schmerzen wieder mehr, sie hat ihre Frühmorgenrunden aufgegeben, setzt sich stattdessen vor dem Frühstück auf den Balkon und schaut dem September zu. Er nähert sich unmerklich, fasst alles erst mit den Fingerspitzen an, bläst etwas Goldstaub auf Birke und Linde und färbt um halb sieben den Saum des Himmels gelb-lila ein. Noch hat er nicht alle Schwalben verjagt.

Sie wüsste gerne mehr von Lazy, was ist mit dem Vater, gibt es einen neuen Mitbewohner, wer weiß überhaupt, dass er krank ist. Sie hat keine Aprikosenmarmelade mehr und überlegt, was sie ihm sonst vor die Tür stellen könnte. Aber eigentlich braucht es so ein Manöver gar nicht mehr. Sie begegnet Lazy jetzt öfter im Treppenhaus, es scheint, dass er wieder zur Uni geht. Alo, Maier.

Den Plan, noch rechtzeitig vor der Regenzeit nach Dodoma zu fliegen und mit der tansanischen Eisenbahn weiterzureisen, hat sie aufgegeben, sie braucht Dodoma nicht mehr zur gedanklichen Beschäftigung. Jetzt hat sie Lazy.

Am liebsten mag er Waffeln. Vita hat das Waffeleisen wieder hervorgekramt. Waffeln mit ein bisschen Ahornsirup.

Sie hat Lazy gesagt, dass er bei ihr frühstücken kann, wenn er mag, zwischen sieben und acht. Dreimal ist er bis jetzt gekommen. Schon geduscht, mit nassem Haar. Alo, Maier. Sein Kühlschrank ist immer leer, sagt er. Er lebt nun allein. Der mexikanische Freund kommt nicht mehr zurück, und jemand anderen mag er nicht fragen. Ja, er geht wieder zur Uni. Hat sich fürs zweite Semester eingeschrieben. Geschichte. Warum Geschichte? Weil er gerne Geschichten mag. Spaß beiseite, weil seine Freundin Geschichte studiert hat. Aber die hat jetzt einen andern. Am liebsten ist ihm die Urgeschichte. Ob Maier gewusst hat, dass man in der Türkei eine Tempelanlage ausgegraben hat, die 12 000 Jahre alt ist. Da möchte er mal hinfahren, wird er aber nicht. Er fährt nur noch da hin, wo es gleich um die Ecke ein Spital gibt. 12 000 Jahre, Maier, denk mal. Was in den Waffeln drin sei. »Ein Ei, ein Esslöffel Butter, ein Esslöffel Zucker, zwei Esslöffel Mehl und Milch dazu, auch eine Prise Salz und eine Prise Backpulver, das gibt vier Waffeln, mäßig gesund«, sagt Vita und schiebt ihm das Rezept über den Tisch.

Beim nächsten Frühstück legt Lazy ein Blatt auf den Tisch. »Auch ein Rezept«, sagt er, »mäßig gesund.« Vita schaut es sich kopfschüttelnd an, weiß nicht, was sie damit soll:

Natriumchlorid/Glucose (isotonische Kochsalzlösung mit Traubenzucker). Cytarabin – Chemo. Paracetamol (gegen Fieber und Schmerz). PEG gegen Verstopfung. Lasix, harntreibend. Amphotericin B gegen Pilzbildung im Mund. Cotrimoxazol gegen Lungenentzündung. Chemo:

DNR (Daunorubicin) gegen AML. Thrombozyten-Konzentrat (Blutplättchen). Blutplasma. Erythrozyten-Konzentrat (rote Blutkörperchen). Etoposid – Chemo. Fenistil (Juckreiz). Antibiotika. Caspofungin und Voriconazol (Behandlung Pilz). Bolus (kurze, große Dosis Schmerzmittel). Dexafree (Augentropfen). Mittel, unbekannt, gegen Übelkeit. Neotracin (Augensalbe), Faktu-Salbe (Schmerzen im Analbereich). Mitoxantron – Chemo (blau gefärbt).

Lazy sieht Vitas verstörtes Gesicht und lacht. »So was hat man in den sieben Wochen Spital in mich hineingegeben. Hab versucht, mir Notizen zu machen. Vielleicht fehlt noch eine Prise Salz und eine Prise Backpulver.« »Und was machst du jetzt mit diesem Blatt?«, fragt Vita. Er lege es auf ihr Fensterbrett zu den Büchern, als Lektüre. Oder er brauche es mal für einen Roman, falls er alt genug werde, um einen zu schreiben. Da muss sich Vita abwenden und etwas aus dem Kühlschrank holen, um die Tränen wegzuwischen und lautlos scheißescheißescheiße zu sagen.

Geht's noch. Bringt mich einer zum Weinen, den ich kaum kenne, der mir jahrelang egal war, einer aus der Generation Jungmensch. Scheint, dass ich senil und weinerlich werde. Alte haben doch diese wässrigen Augen.

Sie schafft es noch immer nicht, Lazy nach seiner Krankheit zu fragen. Kaum setzt sie dazu an, dreht er sich weg. Wie ein Spieler, der vom Ball nicht getroffen werden will. Auf andere Fragen gibt er ganz gern Auskunft. Redet, schaut nicht auf die Uhr, steht nicht von einem Bein aufs andere, beeilt sich nicht und schaut Vita nicht an, als sei sie die Schrulle vom obersten Stock.

Sie weiß bereits einiges über sein Leben vor der Torstraße. Dass er in Hannover zur Welt gekommen ist und seine Mutter aus den Augen verloren hat, als er sieben war. Sie verließ Mann und Kind, lebte mit neuem Mann in Schweden und starb, er weiß nicht genau wie. Verkehrsunfall, sagte sein Vater. Lazar heißt er, weil die Mutter das so wollte. Er hatte drei Kindermädchen, zwei nette und eine Hexe. Die Hexe ließ ihn erneut essen, was er auf den Teller erbrach. Sie sah aus wie eine Fee und hieß Rosamund. Das Beste damals waren seine Freunde. Insgesamt drei. Sie gingen zusammen zur Schule und streiften zusammen durchs Viertel. Fraßen sich voll mit Süßigkeiten, gekauft mit Geld, das zu Hause herumlag. Carlo, Oskar, Martin und er. Er weiß noch, dass er weinte, als sein Vater sagte, sie würden nach Zürich ziehen. Er weinte so laut, dass Nachbarn an die Tür klopften und fragten, ob sie helfen könnten.

»Da warst du acht«, sagt Vita. »Hattest ein rundes Gesicht.«

»Das weißt du noch?«

»Eigentlich nur das.«

Vita versucht sich zu erinnern, worüber sie geweint hat. Als sie ein Kind war und ihr Hund überfahren wurde. Dieses Weinen damals war das heftigste, tiefste und dunkelste, kaum ging sie zu Bett, brach das Schluchzen über sie herein, eine Sturzwelle, in der sie erstickte, und das ging so über Wochen. Und sonst? Sicher hat sie geweint, als Jakob starb, als Moritz auswanderte, aber sie weiß nicht mehr, wie dieses Weinen war.

Travel-Rolf will wissen, wie's denn gewesen sei in Afrika. Ach, sagt Vita, sie habe es noch nicht geschafft, der Sommer hier sei zu schön gewesen. Ja, leider, seufzt Rolf, schlecht fürs Geschäft und trotzdem herrlich, diese Wärme und die Straßencafés voll gut gebräunter Menschen. »Aber hast du den Studenten aus dem zweiten Stock gesehen? Wie eine Leiche. Echt.« Und der Schwerhörige habe jetzt nebst Hund noch eine rumänische Hilfskraft.

Der Türke auf dem Kinderspielplatz hat gesagt: Leben wissen ich nicht.

Leben wissen ich auch nicht, denkt Vita. Ich mache irgendwas, und es kommt irgendwas. Manche Leute planen ihr Leben wie ein Auflaufrezept und schieben sich dann in den Ofen. Die meisten haben Erfolg damit, zumindest haben sie eine achtbare Bezeichnung, Herr Doktor Sahnesoufflé, Herr Direktor Lachsgratin. Sie, Vita, ist ein Zufallsgericht. Frag doch mal bei Zimmermanns, hat ihr Vater gesagt, ob sie eine Lehrstelle frei haben. Weil sie sich nicht getraute, ging Vater und fragte. Zimmermann war sein Turnfreund, und so bekam Vita die Lehrstelle im Sekretariat und lernte, was man ihr sagte, und wurde Zimmermanns Sekretärin, und als Zimmermann starb, wurde sie die Sekretärin von Zimmermann junior, und der war ein Chorfreund von Jakob, und als sie Jakob heiratete, wurde sie Sekretärin beim Blindenbund, wo Jakobs Mutter Präsidentin war, und als Moritz zur Welt kam, wurde sie Viertel-, dann Halbtags- und wieder Ganztagssekretärin bei den Blinden, und als Jakobs Mutter starb, verlor sie die Stelle und kam sich vor wie der, dem sie rund dreißig Jahre später auf einem Kinderspielplatz begegnen würde: Leben wissen ich nicht.

»Was hast du gestern Abend gegessen?«, fragt Vita beim Frühstück. Lazy weiß es nicht mehr. Irgendwas halt. »Kochst du überhaupt?«, will Vita wissen. Nein, Lazy kocht nicht. Kann es nicht und mag auch nicht. Ein totes Huhn mag er nicht sehen. »Aber ein gebratenes schon?«, sagt Vita. Lazy nickt. Was sie über den Tod denke, will er wissen. »Er muss sein«, sagt Vita, »und was denkst du?« Lazy zieht die Schultern hoch. »Im Prinzip«, sagt er, »bin ich dagegen.« Sie brate ihm ein Huhn, sagt Vita, gleich heute Abend.

Seit dem Huhn kommt Lazy jeden Abend zum Essen. Vita hat es vorgeschlagen, Lazy hat angenommen. Aber nur wenn er bezahlen darf. Und so hat Vita wieder einiges über Lazys Leben erfahren. Mit sechzehn hat er einen Vormund bekommen. Da lebte er in diesem hochalpinen Institut, und eines Abends wurde er zum Direktor gerufen. Traurige Mitteilung und all das, der Vater leider verstorben, was mit dem Herz. Er brach nicht in Tränen aus, und der Direktor wusste nicht, was er sollte, er schob ihm trotzdem Taschentücher zu. Zur Trauerfeier brauchte er nicht zu gehen, die Kremierung hatte bereits stattgefunden, in San Diego, in Anwesenheit von Mrs Wharton. Lazy wusste nicht, wer Mrs Wharton war, wohl eine Freundin. Was es zu erben gab, das erbte Lazy. Und so besitzt er nun die Wohnung in der Torstraße und hat 270 000 Franken auf der Bank. Den Vormund ist er inzwischen los. »Ich kann mir Hühner kaufen, bis ich tot umfalle«, sagt Lazy, »nur braten kann ich sie nicht.«

7
Lazy

Maier will mich mästen. Heute hat sie auf meinen Gürtel geschaut. Ich glaube, sie zählt die Löcher links und rechts der Schnalle. Ich ess jetzt jeden Abend da oben. Außer an meinen Konso- und Kotztagen. Die sollen noch bis Ende Oktober dauern. Wenn Maier zwei Gläser Wein intus hat, ist sie am besten. Auch sonst eigentlich: okay. Den Wein bringe ich. Und lege gleich den mit ihr ausgehandelten Zehner unter die Flasche. Will keine Almosen. Ich hätte nie gedacht, dass ich überhaupt mal Maiers Wohnung betrete. Und jetzt sitz ich da oben als wie seit je. In einem Ohrensessel, in dem ihr Alter seinen Kopfschweiß hinterlassen hat. Sie hat auch Messerbänkchen. Da deponier ich meinen Kaugummi. Und im Bad steht ein uralter WC-Reiniger, Note Lindenblüte extrastark.

»Maier«, sag ich, »weißt du, dass du damit die Gewässer versaust?« »Wirf's weg«, sagt sie. »Weißt du«, sag ich, »dass du dann den Boden versaust?« »Ich weiß, dass ich versaue«, sagt sie. »Du versaust auch. Wir versauen alle.« Sie zuckt nicht zusammen, wenn sie versauen sagt, obwohl es eigentlich nicht zu ihr passt. Darum mag ich sie. Irgendwie.

Es gibt immer was Gekochtes. Nicht einfach Wurstware

mit Brotware. Da hat sie ihren Ehrgeiz. Sehr oft ist es lecker, und ich stopfe mich voll. Wenn es nur mäßig ist, so kantinenfoodmäßig, ess ich es auch. Ich komme mir vor, als hätte ich jahrelang nichts gegessen. Einmal schiebt mir Maier nach dem Essen den Zehner in die Hemdtasche und sagt: »So was Schlechtes kostet nichts.« Vorher ist mir gar nie aufgefallen, dass das Hemd eine Tasche hat.

Ich hab von Maier kaum was gewusst. Hab einfach gedacht: freundliche, müde Tante. Aber wenn sie spricht, kommt eigentlich nichts Müdes raus. Sie sagt ziemlich frische Sachen, ungeschälte, ungekochte. Und es ist nicht so, dass sie sich jemandem anpassen will, der einundzwanzigjährig an ihrem Küchentisch sitzt, nein, wenn Maier redet, dann stimmt sie.

Auf Maiers Kommode zwischen Kerzenständern sind drei Fotos, gerahmt. Ein Hund. Ein Mann. Ein Paar auf einer blaugestrichenen Bank. Das Paar könnte ihr Sohn mit Frau sein. Den Hund kenn ich nicht. Und der Mann? Der Mann ist Herr Maier, sitzt im Ohrensessel, schaut mich an und sagt, er sei schon lange tot.

»Maier, wie lange ist dein Mann schon tot?« »Warum glaubst du, dass er tot ist?« »Er schaut so aus dem Foto heraus.« »Seit fünf Jahren. Magst du das Fleisch durch?«

Sie hat einen PC aus dem letzten Jahrhundert, darauf schreibt sie irgendwelche Texte für diese Hungersache. Und sie googelt. Sie googelt wie blöd. Ich hab ihr mal über die Schulter geschaut, da googelte sie »Lazarus«. Ob sie sich nicht mal ein neues Gerät zulegen wolle, hab ich gefragt. »Ach, bis ich das nur wieder versteh«, sagt sie, »dann bin ich sterbereif. Und was mach ich mit dem alten … den Boden versauen oder was?« Aber dann gehen wir doch an einem Samstagmorgen zusammen in die Stadt und kaufen ein schmuckes silberfarbenes iPad, und jetzt übt sie unter meiner Aufsicht und sagt die ganze Zeit Danke.

Elsie hat jetzt wieder braunes Haar. Zweimal bin ich ihr begegnet an der Uni, zweimal fetter Zufall. Sie besucht jetzt ja ganz andere Vorlesungen. Überschwängliche Begrüßung von ihrer Seite. Ich hab bloß gesagt: »Na?« Auch Paul und Peter hab ich getroffen, was ich so mache, haben sie gefragt. »Ich geh viel spazieren«, sagte ich. »Allein?«, fragte Paul. »Nein, mit Mausi«, sagte ich. »Oh, neue Freundin?«, fragte Peter. »Nein, neuer Freund«, sagte ich. Sie schauten etwas betreten. »Schön«, sagte Paul, »ich habe nicht gewusst, dass du.« Jetzt werden sie umgehend Elsie informieren, ich sei schwul.

Aus der Studentenzeitung wird übrigens definitiv nichts. Auch gut.

Bin froh, wenn ich mich nicht länger als nötig in den heiligen Hallen aufhalten muss, krieche jeweils rasch in die Torstraßenhöhle, lasse Musik laufen und leg mein Hirn beiseite. Denken bekommt mir nicht. Ist ja so, dass sich die Denke meist mit der Zukunft befasst, und vielleicht hab ich keine, was soll dann die Denkerei. Lesen, das geht. Oft mach ich es mir bei Maier im Ohrensessel bequem mit einem der Bücher vom Fensterbrett. Ich brauche nicht mal zu klingeln, Maier hat mir einen Schlüssel gegeben, nachdem sie sich bei mir in der Wohnung umgesehen hatte und es trostlos fand. »In etwa so gemütlich wie ein Ferienheim«, sagte sie, »oder wie eine Kühltruhe.« »Warst du mal in einer Kühltruhe, Maier?«, sagte ich. »Warum«, sagte sie, »muss man jeden Vergleich vorher ausprobiert haben?«

Wenn ich in Jakobs Ohrensessel lese, legt sich Maier manchmal aufs Sofa. Dabei ächzt sie. »Warum ächzt du?« »Ich ächze, weil ich am Leben bin. Andernfalls würde ich nicht ächzen.« Sie bittet mich, etwas vorzulesen. Was? Etwas Angestrichenes. »Wenn dein Jakob etwas angestrichen hat, geht es meistens um Leben und Tod.« »Es geht immer um Leben und Tod, wenn man zwei Nasenlängen weiter denkt«, sagt Maier. »Bei der Baubewilligung für einen Kindergarten geht es um ein besseres Leben der Kinder, auf dass sie mal zufrieden sterben. Bei den Angaben auf einer Kekspackung geht es um Zucker, Fett und Erdnüsse, also um Diabetes, Fettleber, Allergie und dein Ende. Lies vor.«

»Die wenigsten Menschen haben wohl recht über den ›Wert des Nichtseins‹ gehörig nachgedacht. Unter Nichtsein nach dem Tode stelle ich mir den Zustand vor, in dem ich mich befand, ehe ich geboren ward. Es ist eigentlich nicht Apathie, denn die kann noch gefühlt werden, sondern es ist gar nichts. Gerate ich in diesen Zustand – wiewohl hier die Wörter ›Ich‹ und ›Zustand‹ gar nicht mehr passen; es ist, glaube ich, etwas, das dem ewigen Leben völlig das Gleichgewicht hält.«

»Stopp!« »Warum?« »Mehr passt grad nicht in meinen Kopf.« Sie ist eine Weile still. »Jakob hat mal was Ähnliches gesagt: *Unser kleines Leben ist umhüllt von Schlaf.*« »Das ist schön«, sag ich, »ist das von Jakob?« »Warum soll es nicht von Jakob sein? Jakob war nicht blöd.« Wieder ist sie eine Weile still. »Das, was du da vorgelesen hast«, sagt sie, »ist geschrieben worden, ehe ich geboren ward. Stimmt's?« »Ja«, sag ich. »Mann oder Frau?« »Lass mich raten«, sagt sie und schläft ein.

Eines Abends sitzt sie am Tisch, vor sich ein paar Schachteln, und schält drei neue Fotoalben aus der Folie. »Was gibt das?«, frage ich. »Ich klebe mein Leben ein«, sagt sie, »endlich. Im Ofen ist Auflauf.« Dieses »Ich klebe mein Leben ein« klingt wie »Ich gebe mein Leben auf«. Ob sie schon gegessen habe, frage ich. Ja danke, sie sei satt. Der Auflauf ist aber noch unberührt, Kartoffeln mit Speck und Käsekruste. Etwas ist los mit Maier, denk ich mal. Nichts sei los, sagt sie. Der Speck sei übrigens bio.

Schon ist Oktober. Wenn ich mit Ausi durch den Wald laufe, raschelt es. Es riecht nach Pilz, aber ich seh keinen. Ausi trabt ordentlich neben mir her. Ich bin froh, dass ich ihm nicht nachrennen muss. Meine Knochen werden immer schwerer, so als würden sie sich vollsaugen mit der ganzen Ware, die man im Spital in mich reinlässt. Habe aber vier Kilo abgenommen, trotz Maiers Butter- und Speckkost. Ende Oktober ist KMP, Knochenmarkpunktion, Puchenknorkmanktion. Freispruch oder Schuldspruch, man wird sehen. Wenn ich erneut verurteilt werde, haue ich ab.

»Ende Oktober höre ich übrigens auf«, sagt Maier. »Womit?« »Mit Hungerhelp.« Sie sagt nicht, warum. Vermute mal, man hat ihr gekündigt. Dem christlichen Hilfswerk mit dem seltsamen Namen werden finanzielle Unregelmäßigkeiten vorgeworfen. Wahrscheinlich bleiben nun die Spenden aus. Und Hungerhelp will die alte Maier nicht mehr durchfüttern. »Und«, frage ich, »hast du schon was Neues?« Maier tut, als hätte sie mich nicht gehört. Sie öffnet das Fenster. »Schau mal«, sagt sie, »Herbst.«

Ich müsste mich endlich an meine Arbeit für das Proseminar machen: Wissen und Wissenschaft als Herrschaftsinstrument im alten Ägypten. Ich müsste mir endlich ein Buch aus der Literaturliste für die mündliche Prüfung vornehmen. Die Liste hängt an meinem Kühlschrank neben einem alten Einkaufszettel. Ich brauche keine Einkaufszettel mehr, ich habe Maier. Jetzt, wo sie nicht mehr zu Hungerhelp geht, kann sie zu Hause hungerhelpen, indem sie mich bekocht. Ich bin für sie so etwas wie eine Topfpflanze. Nicht zu viel gießen, regelmäßig düngen und alle drei Wochen für ein paar Tage im Dunkeln lassen, dann, wenn ich mein Konso-Gift bekomme und mich verkrieche. Die Giftzwerge haben mir gesagt, ich müsse keine Haare mehr lassen, und doch sind sie wieder ausgefallen, ich habe mir eine dünne dunkelbraune Wollmütze gekauft, sieht aus wie eine Frisur. Nur im Bett zieh ich sie aus. Zur Mütze habe ich mir eine federleichte dunkelbraune Daunenjacke gekauft, wohl genau das Richtige, denn Elsie hat »chic!« gesagt. Sie stand im Lichthof mit einem Becher Kaffee, sie winkte, als ich vorbeiging, und sah so aus, als wüsste sie nicht wohin. Also blieb ich stehen, und wir redeten mindestens vier Minuten. Das mit Sven ist vorbei. Jetzt macht sie eine Männerpause. Überhaupt sei Sex jetzt grad nicht das Wichtigste. »Und wie läuft's bei dir so?«, sagte sie. Ich hätte ihr antworten können, dass ich es verludert habe, vor der großen Chemo mein Sperma einzufrieren. Aber ich sagte bloß »alles paletti« und wunderte mich, warum so was Abgestandenes aus mir rauskam. Es fiel mir gleich danach ein: Maier sagt immer so.

Heute habe ich mich vor der Uni auf die große Treppe gesetzt und mir den Herbst angeschaut. Blanca, amiga, lebst zwischen Palmen und Oleandern und weißt nicht, was Herbst ist. Herbst ist, wenn die grünen Blätter die Farbe wechseln: in Azteken-Gold, Chili-Rot und Maismehl-Gelb. Am Abend schießt die Sonne in die Baumspitzen, und man meint, sie brennen. Nach und nach fallen die Blätter zu Boden, und da werden alle braun wie die Füße von deinem Wunder-Doctor. Herbst, das ist auch dieser bläuliche Dunst am Morgen, schaut aus wie der Qualm in Ramons Bar, stinkt aber nicht, sondern riecht ganz frisch, ich glaube, ein bisschen nach Meer.

»Mal angenommen«, sag ich. Maier findet, ich fange auffallend oft Sätze an, die ich nicht beende. »Mal angenommen, ich werde gesund«, sag ich. »Mal angenommen, ich werde gesund, dann könnte ich mit dir nach Dodoma reisen.« Sie hat mir kürzlich von ihren verworfenen Reiseplänen erzählt und hat mit ihrem knotigen Rheumafinger im Atlas gezeigt, wo Dodoma ist und Mwanza und der Tanganjikasee. Maier lacht. »Ausgerechnet nach Dodoma, in ein Bakterien- und Virenparadies, mit einem lotterigen Immunsystem und begleitet von einer alten Schachtel!« Als ich sag, ich wisse nicht, wie lange ich es in der Torstraße noch aushalte, meint sie, man halte jeden Ort so lange aus, wie man sich selber aushalte. Ist wohl was Angestrichenes in Jakobs Büchern, oder kommt das direkt aus Maiers Kopf?

»Ich ginge gern noch irgendwo hin«, sag ich.

»Noch?«, sagt Maier.

Maier hat mir ein Zimmer angeboten. Es war mal das Zimmer von Moritz, der jetzt Morris heißt, und später das Zimmer von Sam. Es stehen noch Bett, Tisch und Schrank drin, aber sonst schaut es leer aus, keine Bilder, keine Andenken. Vor dem Fenster derselbe Baum wie zwei Stockwerke weiter unten, bei mir in der Kühltruhe, wie Maier sagt. Zwei allein seien besser als einer allein, findet sie, ich könne die Einbrecher verscheuchen, und sie mache mir dafür die Wäsche. »Gebongt«, sag ich und seh an ihren schlenkernden Armen, dass sie sich freut. »An Silvester schauen wir uns zusammen die Neujahrsansprache für die Alten und Kranken an«, sag ich. »Gebongt«, sagt Maier.

Zum ersten Mal seit langem bin ich so was wie zu Hause.

Ich schlafe in geblümter Bettwäsche.

Manchmal riecht es im Zimmer nach Brot.
Ist mir schlecht, lässt mich Maier in Ruhe.

Erst habe ich ihre Frühstückswaffeln gemocht, dann das Angestrichene in den Büchern ihres Ehemanns, dann ihren Rücken, wenn sie sich zum Backofen beugte. Jetzt mag ich auch ihre Vorderseite. Und ich mag von ihrem Inneren so viel, wie sie mir zeigt.

»Leben ist das Kräuseln des Spiegeleis am Rand«, sagt Maier.

»Leben ist beim Treppensteigen zwei Stufen aufs Mal«, sag ich.

Solche Leben-ist-Sätze sind unser neues Spiel. Ich glaube, Maier ist darin besser als ich.

Ich habe von Üdepein geträumt, in Üdepein fand etwas statt, aber ich weiß nicht was. »Ich habe von Üdepein geträumt«, sag ich beim Frühstück. Wer das sei, will Maier wissen. Kein Wer, ein Wo, sag ich, ein Ort. Aha, sagt Maier, und beim Abendessen sagt sie, Üdepein gebe es nicht, sie habe gegoogelt. Auch mit Ue statt Ü, mit t statt d, mit b statt p, mit ai statt ei – nichts. »Schade«, sag ich, »wir hätten nach Üdepein reisen können statt nach Dodoma.« »Ja, schade«, sagt Maier.

Noch zwei Wochen, dann werde ich wissen, ob die Chemo erfolgreich war. Zwei Wochen Herbst, zwei Wochen Uni, zwei Wochen geblümtes Bett, zwei Wochen Bange – macht insgesamt acht Wochen, so lange kommt es mir vor.

»Leben ist am Morgen der erste Furz«, sag ich.

»Leben ist das Weinen beim Zwiebelschneiden«, sagt Maier.

Ob sie sich eigentlich langweile, frage ich, jetzt, wo sie nicht mehr bei Hungerhelp arbeite. Sie langweile sich nicht, und sie kurzweile sich nicht. »Mein Leben weilt nicht«, sagt sie, »es rennt.« »Maier«, sag ich, »willst du philosophieren oder was?« Maier lacht: »Entschuldige.«

Sie hat aufgehört, Bilder ins Album zu kleben. Es sind gerade mal drei Seiten voll: Maier als Kind. »Was soll's. Für wen.« »Für Moritz oder Morris«, sag ich. Sie bewegt den Kopf ein klein wenig, als wolle sie ihn gleich schütteln. Von Moritz erzählt sie nie was. Vielleicht hat sie ein schlechtes Gewissen. Es muss ja einen Grund geben, dass der sich so definitiv davongemacht hat. Ich frage sie nicht aus. Sie löchert mich auch nicht, genauer gesagt: Ich merke es nicht, wenn sie löchert. Ich merke nur im Nachhinein, dass sie eine ganze Menge von mir weiß.

»Hast du gewusst, dass mich dein Enkel Sam mal verhauen hat?« »Erzähl.« »Er kommt die Treppe runter, ich schnalle gerade meine Schultasche um und mache den Mund auf, um ihn zu grüßen, er läuft weiter, ohne mich anzusehen, wirft nur kopfruckend das Haar zurück und tänzelt treppab, mit einer wunderschönen knallgelben Umhängetasche und überhaupt rundum perfekt, so dass ich ihm in einem Anfall von Hass oder Neid die Zunge rausstrecke und seinen tänzelnden Gang imitiere, und plötzlich dreht er sich um und sieht's, streift die Tasche ab, geht auf mich los und boxt. Seine Schläge taten nicht weh, nur der Steinboden unten bei der Haustür.« »Du hast ihn nicht gemocht, meinen Sam.« »Geht so.« »Er war nicht mein richtiger Enkel. Er war das Kind der Frau, mit der Moritz nach Australien auswanderte.«

Sam war fünf Jahre älter als ich. Er hieß mal Samuel, sagt Maier, und lebte für ein Jahr hier in der Torstraße. Da war er sechzehn und ich somit elf. In der Zeit trennten sich seine Eltern. Sam fuhr zurück nach Australien und zog mit seiner Mutter um. Maier weiß nicht, wohin. Maier will es nicht wissen. Maier hat Sam abgehakt. Und ihren Moritz wohl auch.

Ich habe Maier gefragt, warum die Torstraße Torstraße heißt, sie weiß es nicht. »Hier hat nie ein Tor gestanden«, sagt sie, »ein Herr Dok-tor oder Pas-tor vielleicht.« Ich sitze im Sessel, Maier liegt auf dem Sofa. »Oder Herr Ulan Ba-tor«, sag ich. »Gibt's den?«, fragt Maier. Und als ich sag, das sei eine Hauptstadt von irgendwas, erhebt sie sich ächzend und verschwindet, um zu googeln.

Nein, sie hat nicht gegoogelt, sie steht wieder da mit einer Schachtel. »Für dich.« Die Schachtel ist verschnürt. Für Jules, steht drauf. »Warum für mich? Da steht ›Jules‹.« Mein Vater habe ihr die Schachtel gegeben, habe gesagt, er müsse verreisen, und ein Jules werde die Schachtel demnächst abholen. Kein Jules, kein Demnächst. Sieben Jahre lang habe die Schachtel in ihrem Putzschrank gelegen. Ob ich Jules kenne. »Nein, tu ich nicht.« Vielleicht sei er tot, sagt Maier, oder in Ulan Bator.

Ich leg die Schachtel auf den Tisch, und Maier lässt sich aufs Sofa fallen.

»Mach auf«, sagt sie. »Vielleicht geht sie von alleine auf«, sag ich, »jetzt, wo sie am Licht ist. Vielleicht kriecht gleich ein Heer von Maden heraus.« »Allfällige Maden sind längst tot nach sieben Jahren«, sagt Maier. »Mach, was du willst, es ist deine Schachtel.«

Ja, es ist meine Schachtel, es ist mein Vater, der sie zugeschnürt und beschriftet hat, vor sieben Jahren. Vor sieben Jahren war ich im Internat. Mir hat er nie eine Schachtel geschickt. Nur Briefumschläge mit einem Geldschein. Mein Freund Peddersen hat immer von seiner Mutter Pakete zugeschickt bekommen und hat sie vor meinen neidischen Augen ausgepackt. Lutschtabletten, Halstücher, verwelkte Blumen, alles ungeschickt in sehr viel Papier eingewickelt.

Der Neid ist eingetrocknet. Von Peddersen habe ich nie mehr gehört. Vater ist tot. Ich denke wenig an jene Jahre. Vielleicht zu wenig. Vorbei ist vorbei. Maier sagt immer so.

Maier ist eingeschlafen.

Ich mache Jules' Schachtel auf. Ich wickle den dunkelgrünen Schal auseinander. Ich nehme zum ersten Mal eine Pistole in die Hand.

»Maier!«, rufe ich. »Maier, das Paket ist aufgegangen!«

Maier schläft weiter.

Ich hätte Maier nicht so erschrecken dürfen, tut mir ja leid. Wusste ja nicht, dass sie aufgewacht war und mich sah, wie ich die Pistole an die Schläfe hielt. Hab bloß mal ausprobiert, wie's wäre. Dann hab ich Maiers Schrei gehört, das heißt, es war gar kein Schrei, nur so ein heiserer Ton, der ein Schrei sein wollte.

Sorry, Maier.

8
Vita

»Leben ist Mitleid mit der Eintagsfliege«, sagt Vita.
»Leben ist Pistole ohne Munition«, sagt Lazy.

Er hat sich entschuldigt für den Schrecken. Vita ist wahrhaftig zu Tode erschrocken, wie er da vor ihr stand und sich eine Pistole an die Schläfe hielt. Sie wusste nicht, ob das ein Traum war oder nicht, sie hat versucht zu schreien, aber es ging nicht.

Sieben Jahre lang hatte sie also eine Pistole in ihrem Putzschrank. Was mochte sich dieser verdammte Monsieur Laval eigentlich dabei gedacht haben. Und wer war wohl der dubiose Jules, für den die Pistole bestimmt war. Bring das Ding sofort weg, hat sie geschrien, ich will kein Schießeisen in meiner Wohnung, und Lazy hat gelacht. Es gebe ja gar keine Munition dazu. Egal, bring es weg! Jetzt liegt das Ding irgendwo in Lazys Wohnung, und das ist auch nicht besser. Vielleicht besorgt er sich nun die Kugeln dazu, oder wie immer das heißt.

Vita möchte nicht, dass er sich umbringt.

Er kämpft um sein Leben, und das soll so bleiben.

Vita möchte ihn nicht verlieren.

Die Verliererei deprimiert sie.

Was man an Lebensdauer verliert, müsste man an Erfahrung dazugewinnen. Dann bliebe die Waage im Gleichgewicht. Kein schlechter Gedanke, findet sie. Wenn Jakob ihn läse, würde er ihn vielleicht anstreichen.

Gestern war sie zum ersten Mal in einem Fußpflegesalon. Die Fußpflegerin nennt sich Podeuse und lässt Wagner-Opern laufen, während sie schabt. Podologin, sagt sie, darf sie sich nicht nennen, sie hat das Podologie-Studium nicht abgeschlossen, es war ihr zu schwierig. Vita stellte sich Podologie-Studenten vor, die sich um eine ägyptische Mumie scharen und sie an den Füßen wiederbeleben. Ob viele ihrer Kunden lachen, fragte sie die Podeuse. »Warum sollten sie lachen?«, gab die leicht beleidigt zurück. »Weil sie kitzlig sind an den Füßen«, sagte Vita. Fußpflege sei eine seriöse Sache, sagte die Podeuse streng und stellte den Wagner lauter. Die Farbe des Nagellacks, den sie auftrug, gefiel Vita eigentlich nicht, aber sie getraute sich nicht, es zu sagen. Nun hat sie dunkelorangene Zehennägel und eine Erfahrung mehr.

»Leben ist lachen beim Kitzeln«, sagt Vita.

»Leben ist etwas vor dem Sterben«, sagt Lazy.

»Lazy«, fragt Vita, »fällt dir ein, was ich noch nie gemacht habe?« Lazy zählt umgehend auf: Gleitschirmfliegen, Insekten essen, Chinesisch reden, Tochter gebären, tot umfallen, Miss Schweiz werden, auf einem Bein einkaufen gehen, einen Junkie küssen, eine Tasche stehlen, in Eselsmilch baden, durch den Ärmelkanal schwimmen.

Insekten hat Vita schon gegessen, aus Versehen, und eine Tasche hat sie auch schon gestohlen, war zwar nur so eine Tragetasche bei Ikea. Aber Gleitschirmfliegen, das wär was. »Kämst du mit?«, fragt sie. »Durch den Ärmelkanal?« Lazy lacht und schiebt sich ein Stück kalte Pizza von gestern in den Mund, so als machte er eine Schublade zu.

Was für einen breiten Mund er hat, ein Breitmaulmensch, denkt Vita. Und immer die braune Mütze auf.

Sie hat noch gar nicht richtig begriffen, dass er nun bei ihr wohnt. Manchmal erschrickt sie kurz, wenn sie nach Hause kommt, und merkt, er ist schon da – die Wohnungstür ist nicht abgeschlossen, die roten Turnschuhe liegen in einer Ecke, und auf der Kommode sieht sie irgendwas Zerknülltes oder Angeknabbertes. Ist seine Zimmertür zu, gibt es zwei Möglichkeiten: Entweder geht es ihm gut, dann lernt er, oder es geht ihm schlecht, dann liegt er im Bett. So oder so muss Vita leise sein. Sie versucht, nicht mit dem Geschirr zu scheppern und das Telefon gleich nach dem ersten Klingeln abzunehmen. Aber es ruft ohnehin nur selten jemand an.

Sie hat angefangen, sogenannt Gesundes zu kochen, hat ein Buch gekauft über die Ernährungsgewohnheiten der gesündesten Menschen der Welt. In Okinawa werden die Frauen besonders alt, essen Süßkartoffeln, braunen Reis, Tofu und Seetang. Und sie haben *ikigai,* was so viel bedeutet wie: Warum will ich am Morgen aufwachen? Mit *ikigai* lässt sich das Leben bis zu sieben Jahre verlängern.

Warum will ich am Morgen aufwachen?, denkt Vita. Ich muss mir mal so eine Liste aufsetzen.

Lazy mag Tofu nicht besonders – schmeckt nach Spitalkost –, auch Tang nicht – riecht nach Verbandszeug. Auf dem Tisch steht jetzt stets eine große, hässliche Flasche mit scharfem Ketchup, und Vita ist nicht beleidigt, wenn Lazy ihre aufwendig gekochte Mahlzeit verhunzt. Es quietscht, wenn er die rote Brühe herausdrückt.

Morgens zwischen sieben und acht stellt sich Vita mit der Kaffeetasse ans Fenster und schaut hinunter auf die Wiese. Als sie mit Jakob hier einzog, war die Wiese schon da, zwei Schafe lagen im kleinen Schatten eines kleinen Holunders. Dann waren der Holunder, die Schafe und der Zaun weg, und die Schulkinder nahmen die Wiese als Abkürzung, wie heute. Seit vierzig Jahren laufen Kinder am Morgen über die Wiese, sommers wie winters derselbe Film, nur die Farbe ist mal greller, mal blasser. Eigentlich hab ich das jetzt oft genug gesehen, denkt Vita, bin satt. Sie holt die Zeitung aus dem Briefkasten, setzt sich mit einer zweiten Tasse Kaffee an den Tisch und liest. Und sie hat wie bei den rennenden Kindern das Gefühl: alles schon immer da gewesen. Ist das überhaupt die Zeitung von heute?

Oktober jetzt, Ende Monat wird Lazy wissen, ob die Chemo etwas genützt hat. Sie reden nicht darüber. Einmal hat Vita gefragt: »Hast du Kopfschmerzen?«, da ist er einfach aus dem Zimmer gegangen. Er hat sich das Leben in zwei Wohnungen eingerichtet, nicht nur im Haus Torstraße, auch in seinem Kopf. In der einen spielt er sich und Vita scherzend etwas vor. In der anderen denkt und spürt und hofft er hinter verschlossener Tür. Dort hat Vita nichts zu suchen, und sie weiß, dass sie daran nichts ändern kann. Es gibt Momente, da ist sie beleidigt, kommt sich vor wie die Haushälterin, aber dann wieder denkt sie: Ist ja gut so. Einen von Gefühlen zerwühlten, unberechenbaren jungen Kerl betreuen, das will ich doch gar nicht. Ich will mein geordnetes Leben, mehr nicht. Eigentlich will ich nicht mal mehr das so unbedingt.

»Maier? Bist du da?« Lazy ruft, noch bevor er die Wohnungstür hinter sich zugezogen hat. »Hab was für dich!« Vita traut ihren Augen nicht. Hat sie schon jemals so einen riesigen Blumenstrauß erhalten? Gelb und rosa. Dahlien mit Grünzeug. Er sei auf dem Markt gewesen, und zehn Minuten vor Schluss kosteten die Sträuße nur noch die Hälfte. Vita lacht. Sie nimmt den Strauß entgegen, legt ihn auf den Boden, damit sie Lazy umarmen kann, nur ganz leicht, fast nur angedeutet, aber es ist doch eine Umarmung, und Lazy schüttelt sie nicht ab. »Das ist ja ein halber Baum«, sagt sie und holt aus der Küche den schwarzen Eimer. Die Freude ist ihr eingeschossen wie Schnaps. Viel Schnaps. Obwohl sie Dahlien nicht so mag, sie riechen schon sehr nach Herbst und farbigem Ende.

»Let's go, aber wenn«, sagt Lazy, »dann subito.« Sie hat ihn nicht bearbeiten müssen, er hat ihrem Vorschlag, zusammen einen Gleitschirmflug zu machen, sofort zugestimmt. Sie lade ihn ein, hat Vita gesagt, aber davon wollte Lazy nichts wissen. Let's go. Warum das so überstürzt realisiert werden soll, versteht Vita zwar nicht, aber egal, Hauptsache, ihr Wunsch wird erfüllt. Sie hat sich in den letzten Tagen im Internet umgesehen und das Angebot »Rigi« gefunden: Tandemflug. Start auf Rigi Kulm, Landung in Weggis. Das ist Kindheitsland. In Weggis hat sie schwimmen gelernt, im dunkelgrünen Vierwaldstättersee, ist zwischen Vater und Mutter hinaus zum Floß geschwommen. Und sie kann sich an die kleinen Frühlingsenziane erinnern, oben auf dem Berg, an die Verwunderung, dass so was Tiefblaues einfach aus dem Boden kam …

Sie bucht für übermorgen, muss für die Anmeldung wissen, wie schwer Lazy ist und wie alt. Sie erschrickt, weil er leichter ist als sie. Ich muss dafür sorgen, dass er mehr isst, denkt sie, ich muss kochen, was ihm schmeckt, Schluss mit Tang und Tofu. Jetzt kennt sie auch sein Geburtstagsdatum, am 11. Januar wird er einundzwanzig. Sie ist fast dreieinhalbmal so alt. Eine morsche Schnarchgeige.

»Leben ist erwachen ob des eigenen Schnarchens«, sagt sie.

»Leben ist Sich-umdrehen-Wollen, nachdem man an etwas Schönem vorbeigegangen ist«, sagt Lazy.

Klares Herbstwetter, kein Nebelmeer, See und Berge blank, es blinkt und glitzert in den Gräsern und auf dem Geleise der Bergbahn, Vita zittert. Was hat sie sich dabei gedacht.

Nichts. Eindruck machen wollte sie, sie, die Alte, dem Jungen. Die Leute vom Gliding-Team beanstanden Lazys Schuhe, die Sohlen seien nicht gut genug, und Vita hofft für einen kurzen Moment, die ganze Übung werde abgeblasen. Aber dann werden sie doch noch akzeptiert, die roten Turnschuhe, die Vita immer im Treppenhaus hat stehen sehen, den linken rechts vom rechten. Das ist etwa ein halbes Jahr her, und nun sind sie und die roten Turnschuhe zusammen auf der Rigi. Absurd ist das. Bärtu und Wisel heißen die beiden Männer, mit denen sie fliegen werden, Bärtu zeigt vor, welche Schritte man macht, bevor man sich abstößt. »Angst?«, fragt Wisel. »Nein«, sagt Vita. »Ja«, sagt Lazy. Dabei sieht er prächtig aus in Helm und Overall, sieht aus wie der Retter in einer Fernsehserie.

Vita soll mit Bärtu fliegen, was ihr recht ist, Bärtu sieht erfahrener aus. Als sie eingehängt am Startplatz stehen und Bärtu das Kommando »Laufen!« gibt, fällt mit dem Boden auch Vitas Angst von ihr ab, und sie ist bereit für das versprochene Glück.

Nein, so wie sie sich das vorgestellt hatte, war es nicht. Der Helm drückte, und das Gurtzeug war auch nicht bequem, ihr knochiger Hintern war unzufrieden. Vor allem aber war die Welt, die ihr zu Füßen lag, gar nicht überwältigend schön. Die Berge von oben waren nicht atemberaubend, sondern schienen flacher, langweiliger, und die Ebenen waren verpickelt mit Häusern, ein unansehnlicher Ausschlag. Und von Stille, wie sie sich Vita ausgemalt hatte, keine

Spur, da waren die permanenten Windgeräusche und Bärtus ungefragte Kommentare zum Wetter und zur Geografie. Als er sagte, der See da unten sei der Vierwaldstättersee, dachte Vita: Blödian! Sei endlich still. Wenn's nur bald vorbei ist. Ich würde besser mal an einem trüben Tag allein auf die Rigi fahren und dann ins Nebelmeer springen. Und so war sie erleichtert, als Bärtu endlich auf den Windsack zeigte, neben dem sie zu landen hatten.

Lazy hingegen schien überwältigt, er sprach kaum, als sie zurück nach Zürich fuhren, so als hätte er höhere Weihen empfangen.

»Vielleicht wär das Fliegen im Winter schöner«, sagt Vita ein paar Tage später, »wenn alles weiß ist und man nur noch erahnen kann, dass da unten Menschen hausen.« Lazy scheint gar nicht zuzuhören. »Warum wolltest du eigentlich so subito buchen?«

Sie sieht, dass er ein fast böses Gesicht macht.

»Das kann ich dir klipp und klar beantworten«, sagt er nun. »Ich wollte die absolute und bedingungslose Freude haben, noch bevor ich weiß, was aus mir wird.«

Vita spürt einen Stich. Sie hat nicht gewusst, dass Lazy so ganz außen auf der Klippe steht.

»Ach nein!« Vita ist die Zuckertüte aus der Hand gerutscht.

»Was ist?«, fragt Lazy

»Jetzt trittst du auch noch drein!«

Vita lacht. Sie stehen beide im Zucker, es knirscht. Lazy

holt Schaufel und Besen, kriecht auf dem Küchenboden herum. Plötzlich sagt er, noch auf den Knien:

»Wenn der Bericht negativ ist, haue ich ab. Definitiv.«

»Du meinst, du …«

»Ja.«

»Ich komme mit.«

Lazy steht auf, wischt sich den Zucker von der Hose und schaut sie ungläubig an.

»Du spinnst«, sagt er.

Vita kommt es vor, als sei sie wunderbarerweise von etwas geheilt. Wenn Lazy geht, geht sie mit.

Sie hat wieder Frau Gress angetroffen. Ob sie Quitten möge, hat Frau Gress gefragt, und Vita hat zu rasch Ja gesagt. Damit ist sie Frau Gress ins Netz gegangen, sie muss hinter ihr die Treppe hochsteigen, zu Brunos Quitten. Bruno ist Frau Gress' neuer Freund, er ist Rentner und hat einen Garten.

»Bruno ist ein Geschenk«, sagt Frau Gress, »aber ich kann doch nicht so viele Quitten verarbeiten. Das macht die Hände kaputt.« Vita schaut erstaunt auf Frau Gress' Hände, als sei's nicht selbstverständlich, welche zu haben, sie sind weiß und wirken weich wie Kissen. Bruno wird sie zu schätzen wissen. Ich brauche keinen Bruno mehr, denkt Vita zufrieden. Auch keine Quitten. Aber sie duften so schön, also lässt sie sich eine Tasche voll aufschwatzen. Zwar kann sie ein Marmeladenglas nur noch mit Mühe selber aufmachen, Finger und Handgelenke schmerzen. Auch in alle anderen

Gelenke hat sich ein Schmerz eingeschlichen. Aber das weiß nur sie. »Vielen Dank, Frau Gress!«

»Je quitte, tu quittes, il quitte, nous quittons, vous quittez, ils quittent«, sagt Lazy vor sich hin, während er die Quitten zerkleinert. Seine Mutter war Französin, man hört es ihm an, auch wenn sie verschwand, als er gerade erst sieben war. »Je quitterai, tu quitteras …« Soll das eine Anspielung sein auf ihr kürzliches Gespräch beim Aufputzen des Zuckers? Je quitterai ce monde? Er sieht zur Zeit gut aus, kräftig drückt er das große Messer in die steinharten Früchte, sein kurzes Haar glänzt unter der Küchenlampe. Als Vita beim Bücken einen kleinen Furz entlässt, lacht er bis tief in den Bauch. Er wird gesund, denkt Vita. Er hat ihr gesagt, er habe während des Gleitschirmflugs eine Todesanzeige aufgesetzt:

Hier ruht Lazar Laval, der an dieser Stelle vom Himmel fiel. Sein Sturz dauerte 20 Jahre und 279 Tage.

Vita hat gelacht, aber das Lachen schmeckte schlecht.

Acht Gläser Quittenmus stehen auf dem Fensterbrett, das Mus hat ein wunderbares Rot, für das es keinen Namen gibt, Lazy isst es löffelweise. Die Gläser werden schnell leer sein. Vita beschriftet sie trotzdem, aus alter Gewohnheit: Quitte 2015. Ein Glas will sie Travel-Rolf bringen und wieder mal ein bisschen tratschen.

Rolf strahlt. Sein Geschäft läuft. Er hat etwas erfunden: Liebeskummerreisen. Die bietet er im Internet an – mit großem Erfolg. »Vita, wenn du wüsstest, wie viele traurige Menschen es gibt.« »Dann?« »Was dann?« »Was wäre, wenn ich es wüsste?« »Dann«, sagt Rolf, weiß nicht weiter und lässt stattdessen einen Kaffee aus dem Automaten zischen. »Übrigens«, sagt er, »von den Studenten im zweiten Stock wohnt nur noch einer hier. Hat die große Wohnung ganz für sich allein, nicht schlecht, was? Trotzdem. Der schaut nicht sonderlich froh drein. Und der Schwerhörige mit dem Hund hat die rumänische Hilfskraft geheiratet. Und die will den Hund nicht. Also soll der weg. Wie wird man so einen hässlichen Hund los? Hast du vielleicht eine Idee?« Von den Grüters im dritten Stock weiß er nichts Neues. »An denen ändert sich nichts mehr, die sehen aus, als hätte seit der Jahrtausendwende jeder Tag dasselbe Datum.« Vita wäre bereit für eine zweite Tasse Kaffee, aber dann dudelt das Telefon. Kundschaft. Rolfs Hallo klingt wie eine Amsel im Frühling.

»Der Schwerhörige will seinen Hund loswerden, hast du das gewusst?« Vita erzählt von der Heirat mit der rumänischen Hilfskraft. »Kennst du sie?« Lazy schüttelt den Kopf. Er kennt nur den Hund.

»Hättest du was dagegen«, sagt er nach einer Weile, »wenn er hier einzieht?« »Warum sollte er?« »Weil ich ihn mag.« »Reicht das, um jemanden einziehen zu lassen?« »Ja. Hast mich doch auch einziehen lassen, weil du mich magst.« Magst du mich denn auch?, denkt Vita. Aber sie fragt nicht.

Ausis Korb steht neben Jakobs Sessel. Es ist wirklich kein schöner Hund, denkt Vita, aber es ist schön, von ihm begrüßt zu werden. Er streckt ihr den Kopf entgegen, damit sie drüberstreicht. Wenn sie mit ihm allein ist, legt er sich neben ihre Füße. Sie geht mit ihm runter auf die kleine Wiese, nicht weiter. Die großen Spaziergänge traut sie sich nicht zu. Die macht Lazy. Er besorgt auch das Hundefutter. Vita näht einen anderen Überzug für das Kissen im Hundekorb. Wenigstens der soll schön sein. Vita hält Ausi fest, wenn Lazy ihm die Ohren säubert. Über Ausis Zukunft reden sie nicht.

Der dreißigste Oktober ist der Tag, an dem Lazy das neueste Blutbild und das Ergebnis der letzten Knochenmarkpunktion entgegennehmen wird. An dem er endlich erfahren wird, ob die Chemo geholfen hat. Um zwei Uhr geht er aus dem Haus. Tschüss, Maier! Ausi winselt, tut er sonst nie. Um fünf Uhr stellt Vita eine Flasche Prosecco kühl, damit sie auf die gute oder auf die schlechte Nachricht anstoßen können.

Aber Lazy kommt nicht.

Um Mitternacht schleicht sich Vita in Lazys alte Wohnung, es ist dunkel, nichts summt, der Kühlschrank ist abgestellt, das Bett ist leer, da ist nur die blanke Matratze.

9
Lazy

Vom Spital bergabwärts gerannt und rein ins Kino, ins erstbeste. Bin der Einzige auf dem Balkon. Gut so. Wollte ins Dunkle, sonst nichts. Nachmittagsvorstellung. Unten im Parkett sind ein paar Köpfe zu erkennen. Der Film heißt *Kuzu* und ist mir egal. Schön, wird Türkisch geredet, so brauch ich nichts zu verstehen. Die Untertitel blende ich aus. Kleiner Junge läuft durch die Landschaft. Schaf unter Baum. Blasten im Knochenmark. Auch zweite Chemo für die Katz. Für das Schaf. Für die Maden in seiner Kacke. Alles Kotzen, Fiebern, Knochenschleppen für die Katz, für das Schaf, für die Kacke. *Kuzu* scheint ein trauriger Film zu sein. Ich darf heulen, bin der Einzige auf dem Balkon. Darf in meine schöne braune Mütze schluchzen. Das war's dann. »Wir machen weiter«, hat die Ärztin gesagt. Sie vielleicht, Frau Doktor, ich nicht. Hoffentlich gibt es in diesem Film keine Pause. Bitte kein Licht.

Acht Bars insgesamt, glaub ich. Die ersten drei hießen »Blaue Rose«, »Aloha«, »Zum Stiefel«, die anderen hießen auch. Mann, mir geht's gut. Je voller, desto leichter. Ich schwebe in die Torstraße und das Treppenhaus hoch. Schiebe den

Schlüssel ins Schloss meiner Wohnungstür, da fängt's oben bei Maier an zu bellen. Ausi hat mich gehört. Halb eins. Kein Bettzeug auf meinem Bett. Mein Rausch deckt mich zu. Leider eine aktive Hepatitis B, Herr Laval. Nicht ideal vor einer Stammzelltransplantation. Trotzdem, wir müssen handeln, Herr Laval. Schlafen Sie gut, Herr Laval.

Ausi winselt bei der Begrüßung. Maier sitzt am Küchentisch, tut nichts, fragt nichts. Sieht irgendwie zerzaust aus. »Alo, Maier.« Vor vierundzwanzig Stunden hat man mir die Diagnose in den Kopf gerammt. »Ich habe eine Flasche Prosecco kühl gestellt«, sagt Maier. »Lieber eine Wärmflasche«, sag ich. »Getrunken hab ich bereits.« Jetzt merke ich das Fieber deutlich. Es zittert sich durch die Arme in die Finger. Kopf ist heiß und fühlt sich kalt an. Tut gut, in die geblümte Bettwäsche zu kriechen. Ausi schneckt sich in meine Kniekehlen, Maier bewegt sich durchs Zimmer und sieht immer zerrupfter aus, ist wohl meine fiebrige Sicht. »Ich glaube, ich bin krank«, sag ich. Maier sagt auch etwas, aber sehr weit weg, spricht von oben links aus der Zimmerdecke. Im Mund brennen die Schleimhäute. Blanca sitzt auf dem Bettrand.

»Laufen!« ruft sie, und nach wenigen Schritten zieht uns der Gleitschirm nach oben, ich lass mich ins Gurtzeug fallen und merke, wie Blanca von hinten die Arme um mich legt. Wiesen sausen unter uns weg. Wir drehen Kreise, höher, höher, fliegen auf den Gipfel zu, ich greife über den Kopf nach hinten, spüre Biancas Haare, also hat sie ihren Helm abgeworfen. Der fällt ins Grüne, Blaue, Karierte da unten. Und was dort schimmert, ist der Pazifik. Blanca, halt mich fest, wir stürzen auf den Windsack zu, der sich immer mehr aufbläht und explodiert.

Hepatitis B, B wie Blanca. Sonst war da niemand mit Genitalsekreten, Frau Doktor. Nur Blanca im Zimmer mit dem feuerroten Vorhang. Allgemeinsymptome nach 44 bis 180 Tagen, das passt. Nun habe ich zwei Dinge, die mich liebevoll an Blanca erinnern: einen rosa Gecko und eine gelbe Hepatitis.

»Und jetzt«, sagt Maier. Will wissen, wie's mit dem Stück Fleisch in ihrer geblümten Bettwäsche weitergeht. Da hat sie ein Recht drauf. Also zähle ich alles auf, was ich weiß. Leukozyten, Erythrozyten, Thrombozyten, Lymphozyten. Antibiotika, Virostatika, Antimykotika. Blasten: zu viele. Hepatitis: eine. Stammzelltransplantation: keine.

Denn ich will sie nicht, die Transplantation.

Ich hab genug versucht.

Mehr bringt nichts.

Ich weiß es.

Das war's.

»Maier«, sag ich, »du darfst ab sofort meine Zahnbürste nicht mehr benutzen. Und mein Rasierzeug auch nicht.«

»Da muss ich mir wohl mein eigenes kaufen«, sagt sie. »Einen Bart will ich nicht.«

Maier kocht Haferschleimsuppe.

Nach einer Woche im Bett wechsle ich auf Jakobs Sessel, und Maier serviert den gekühlten Prosecco. Sie hinkt. Ausi hat sie beim Spazierengehen umgerissen. Aber sie scheint es ihm nicht zu verübeln, lässt ihn auf dem Sofa Platz nehmen, wo er Haare hinterlässt. »Ich hatte auch mal einen Hund«, sagt sie, und ich warte, dass sie erzählt. Sie steht auf und geht in die Küche, und ich warte, dass sie wiederkommt. Tut sie nicht.

Heute Morgen hab ich Frau Doktor Wirmachenweiter angerufen. Ich hätte den letzten Termin verpasst, sagt sie, warum. »Geschäftliches«, sag ich. »Ich ziehe nach Düsseldorf. Neue Stelle. Bereich Versicherungen.« Ich kann hören, wie sie denkt: Wer stellt denn einen halben Leichnam an? »Ja dann«, sagt sie. Der behandelnde Arzt solle sich raschmöglichst mit ihr in Verbindung setzen. Sie bereite schon mal alle Unterlagen vor. Alles Gute, das hat sie auch noch gesagt. Wär ja noch schöner, wenn sie mir alles Schlechte wünschte. Wo ich das schon hab.

»Du liest gar nicht«, ruft Maier vom Sofa aus. »Du tust nur so. Denkst irgendwas.« Stimmt. Ich denke mir aus, wie ich abhauen könnte. Reiserouten nach drüben. Mit Erfolgsgarantie. Lassen Sie Ihre Seele baumeln, heißt es in den Reiseprospekten. Lassen Sie Ihren Körper baumeln, so was steht nirgends. Das muss ich mir selber organisieren. »Wir drei sind ein Lazyrett«, ruft Maier vom Sofa aus. Sie hat ihr Hinkebein hochgelagert, Ausi liegt erschöpft im Korb nach einem Besuch beim Tierarzt wegen Ohrmilben, und ich sitze im Sessel und hab auch was. »Lazarett kommt von Lazarus«, fährt Maier fort, »Lazarus ist wiederauferstanden, und das Lazarus-Phänomen ist spontanes Wiedereinsetzen der Kreislauffunktion.« »Maier«, sag ich, »du googelst zu viel.« »Stimmt ja«, sagt Maier, »aber wenn ich etwas ergoogelt habe, ist es mir umgehend egal. So als hätte ich etwas gekocht und würde es sofort in den Eimer werfen.«

Maier sagt manchmal Dinge, die ich auch gerne gesagt hätte.

Es ist schwierig, das Abhauen nach drüben korrekt zu organisieren. Mal kommt der Gehende, mal der Bleibende schlechter weg. Ich möchte nicht, dass Maier mich entsorgen muss. Umsorgen, ja. Nehm ich gerne an. Ist mir inzwischen sogar recht, wenn sie den Arm um mich legt.

Sich totlachen wär schön.

»Warum sagst du nichts?«, ruft Maier vom Sofa aus.

»Leben ist Wärme in Hundeohr«, sag ich.

Maier scheint zu überlegen.

»Leben ist Melodie erkennen im Summen des Kühlschranks«, sagt sie dann. Und: »Hast du vielleicht ein bisschen Hunger?«

Maier will wissen, wo die Pistole ist. Sie ist unten in meiner Wohnung, im Brotkasten. Dort tut sie niemandem was, sag ich. Maier will wissen, ob ich mir inzwischen Munition beschafft habe. Nein, sag ich. Aber im Küchenschrank seien noch schwarze Bohnen, die Juan mal gekauft habe, um mexikanischen Eintopf zu kochen. Vielleicht passen die in die Pistole. Maier findet's nicht lustig. Ich eigentlich auch nicht. Ich will mich nicht erschießen. Ich will mich einfach davonmachen. Und dann will Maier noch wissen, ob ich aufhöre an der Uni.

»Warum willst du das alles wissen?«

»Das würdest du auch wissen wollen, wenn du einen kranken Freund hättest, der gesagt hat, er haue ab, definitiv.«

Einen Freund.

Das ist nun ein ganz bisschen zu viel.

Das zieht den Stöpsel.

Das Wasser läuft aus.

Ich weine so laut, wie ich noch nie geweint habe.

Sorry, Maier.

Am selben Tag verschwindet Ausi. Maier war an der Haustür, um die Zeitung zu holen, und hat nicht aufgepasst. Da muss er wohl hinausgeschlüpft sein. Ausi kommt wieder, sag ich, aber Maier macht sich Vorwürfe. Der kennt den Heimweg, sag ich und erzähle, wie er mir mal im Wald weggelaufen ist. Maier geht ihn suchen. Zwei Stunden lang. Auch abends, im Dunkeln. Reg dich ab, sag ich, plötzlich steht er da. Aber nachts sei die Haustür geschlossen, sagt Maier, und überhaupt, er brauche doch die Ohrentropfen. Hört sich an wie eine Suchanzeige im

Fernsehen: Der Vermisste ist auf Medikamente dringend angewiesen.

Ausi kommt nicht wieder.

Ich habe bei der Polizei angerufen, beim Tiersuchdienst, beim Tierschutzverein, nichts, keine Rundbürste. Ich habe beim Schwerhörigen an die Tür gehämmert. Die rumänische Hilfskraft hat im Bademantel aufgemacht. Sie schüttelt energisch den Kopf, glaubt, sie müssten den Hund wieder übernehmen. »Mausi!«, ruft es von hinten, »komm her«, worauf sie rasch die Tür schließt. Jetzt ist sie also Mausi.

Was ich vermisse: meine Stirn an Ausis Bauch zu drücken. Da war es so gut zu spüren, dieses Unnennbare, das vor drei Komma fünf Milliarden Jahren entstanden sein soll, vermutlich in der Tiefsee, dieses Sonderbare, das man nicht fabrizieren kann, dieses Unbegreifliche, das Milliarden Formen hat und einen einzigen Inhalt. Ausis Bauch und meine Stirn haben es kurz festgeklemmt. Das Leben, la vida.

Maier hat es noch einmal gesagt: Sie komme mit. Sie wisse auch wie. Sie habe, was es dazu brauche. Munition sozusagen. Und die reiche für zwei. Aber, sagte sie, und ich dachte, jaja, Maier, ich weiß schon, was du sagen wirst von kostbarem Leben und neuen Chancen und Entdeckungen und Entscheidungen, der ganze faule Schwall. Aber, sagte sie, und ich stand auf, um wegzulaufen. Aber, sagte sie, »warum machen wir vorher nicht noch eine ganz normale

Reise? Mit Koffern und dem ganzen Klimbim?« Ich solle drüber nachdenken, bis morgen, wie sie.

Nachdenken geht nicht. Ich möchte die ganze Zeit nur wissen, was Maier unter Munition versteht. Beim Frühstück werd ich sie fragen. Die Reise kannst du vergessen, Maier. Lass mich einfach schlafen.

»Und«, sagt Maier am Morgen. »Wohin fahren wir?«

»Warum soll ich das sagen?«

»Du hast es eiliger.« Maier nimmt kein Blatt mehr vor den Mund. »Du bestimmst«, sagt sie.

»Maier, hör auf. Mir läuft der Kopf aus.«

»Dann bestimme ich.« Maier steht auf, verschwindet in ihrem Büro und kommt mit einem Blatt Papier wieder. Ich erkenne es sofort, hab es ihr selber mal gegeben, das Bild mit dem zwölftausendjährigen Fuchs.

Zum Fuchs also.

Maier hat mich voll erwischt.

»Wir buchen bei Travel-Rolf«, sagt sie, »gleich heute.« Sie hinkt durch die Wohnung, sucht meinen Pass und scheucht mich ins Bett. Ich wehre mich, worauf sie behauptet, so lasse man mich nicht aufs Flugzeug, zu bleich, sie murmelt etwas von Milchsuppe. Als ich gegen Abend aufwache, schläft dafür Maier, zusammengerollt auf dem Sofa. Schönes Reiseteam, schon am Anfang erschöpft. Ich setz mich leise auf Jakobs Sessel, da fährt Maier hoch. »Übermorgen«, sagt sie, »Turkish Airlines, acht Uhr vierzig. Wir fliegen erst mal nach Istanbul, bleiben drei Tage und fliegen weiter nach Şanliurfa.« Sie hoffe, das sei mir recht so. Travel-Rolf sei etwas besorgt, von Reisen nach Şanliurfa werde abgeraten, Şanliurfa sei der Treffpunkt der Dschihadisten aus aller Welt, von da würden sie über die Grenze nach Syrien geschleust. »Das ist uns egal, oder?« Sie habe erst mal ein Hotel in Istanbul gebucht, das Hotel in Şanliurfa solle dann ich aussuchen. »In Şanliurfa gibt es übrigens Spitäler, die sehen tadellos aus.« Gegoogelt hat sie also auch schon. »Freust du dich?«

Das erste Mal, dass ich mich auf eine Reise gefreut habe, muss vor etwa fünf Jahren gewesen sein. Auf die Klassenfahrt im Bus nach Straßburg, mit dem Geschichts- und dem Französischlehrer, Historisches und irgendwelche Museen standen auf dem Programm, und ab Schweizer Grenze sollten wir nur noch französisch sprechen. Ich malte mir tagelang aus, wie ich auf der Fahrt neben Vanessa sitzen und über ihre Brust hinweg aus dem Fenster sehen würde. Ich habe mir einen richtigen Plan aufgestellt: Noch vor Zürich legt sie zum ersten Mal ihre Hand in meine, im Belchentunnel, wo das Licht ausfällt, küsst sie mich, und ich fasse ihr an die Brust, in Straßburg mischt sie sich unter die anderen, schaut aber immer heimlich zu mir, und nachts treffen wir uns in einem leerstehenden Zimmer der Auberge. Sie hat dann im Bus zwei Reihen weiter vorne neben Kuno gesessen.

»Ja, ich freu mich, Maier.«

Beim Einchecken wird mir schlecht, ich muss mich auf einen Kofferwagen setzen. Die hinter uns in der Reihe schauen weg, denken, der Junge lässt alles die Alte machen, statt zu helfen. Die Luft riecht nach Mensch.

»Leben ist Schimmel im Lederkoffer«, sagt Maier.

»Leben ist der kühle Zug in der Nase«, sag ich.

Maier ist zufrieden, wir haben Fensterplatz und vegetarisches Essen. Fleisch und Fisch in Flugzeugen sei manchmal verdorben, sagt Maier. Ich versuche wegzuhören, aber es geht nicht, Maier redet drauflos, vom Pass, der noch gültig ist, von den Schuhen, die nicht drücken, von einer Mütze, die sie noch braucht. Während sie sich Kaugummi kauft, suche ich mir drei Zeitschriften aus. Wenn ich darin lese, brauche ich ihr nicht zu antworten. Plötzlich sagt Maier nichts mehr, stumm gehen wir zum Gate. Ich könnte immer noch umkehren und mich zu Hause aufs Bett werfen. Maier, ich schaff das nicht. Aber ich sag nichts. Ich hab den Rucksack voller Medikamente, werde sie schlucken, solange ich noch schlucken kann und die Scheißangst mir nicht die Speiseröhre verstopft. Wir machen eine Kulturreise, ist das nicht schön.

Maier besteht darauf, dass ich mich ans Fenster setz. Als wir in der Luft sind, merke ich, dass sie mich dauernd von der Seite beobachtet, so als würde ich gleich in Ohnmacht fallen, und sie müsste den Flight-Attendant bitten, einen Arzt auszurufen. Unter uns das Toggenburg wie eine zerknautschte Bettdecke, hellgrün-dunkelgrün gemustert. Hinter uns ein

Kind, das schreit, als würde es geschlachtet. Vor uns, griffbereit, die Kotztüte. Ich schlage eine Zeitschrift auf, mache die Augen zu, stelle mir vor, die weiße Wolkendecke da draußen sei geschäumte Zeit und unser Flugzeug der Mixstab, steif wie Schlagsahne ist die Zeit, ich könnte ein paar Handvoll nehmen und mich damit einreiben und wäre für ein paar Jahre vor dem Totwerden geschützt. Während ich mit geschlossenen Augen sitze, rutscht die Übelkeit in Schüben von mir ab wie Schnee vom Dach. Unter uns wird die Welt wieder sichtbar, Flussschlaufen – die Donau? –, braune Ebenen – Bulgarien? –, ich fühle mich so leicht, als ob ich selber flöge.

»Maier, schau, das Meer.«

Von so nahe hab ich Maier noch gar nie richtig angeschaut. Jetzt seh ich, wie zerknittert das Gesicht ist, total zerknülltes Seidenpapier, glatt sind nur die Brillengläser. Sie ist zweiundsiebzig, hab's im Pass gesehen, dreieinhalb mal so alt wie ich. Wie das wohl ist, so lange zu leben, so zu leben wie Maier, immer weiterfahren im selben Bus, auf demselben Sitz. Jetzt will sie aussteigen, noch vor der Endstation. Sie wird schon wissen, warum. Sie war beim Arzt, weil ihr alles wehtat, rheumatoide Arthritis hat der Arzt gesagt. Scheint, dass ihr das zu denken gibt. Auf jeden Fall ächzt sie nun irgendwie anders.

»Maier, schau, die Frachter.«

Das Kielwasser ist ein weißer, scharfer Strich. »Stell dir vor«, sagt Maier, »alle Spuren von allem würden für immer bleiben. Was für eine zerkratzte Welt.« Dann rülpst sie und meint, ich solle froh sein, dass ich nichts gegessen habe.

Das Kind hinter uns ist still, sie haben es mit viel Türkisch narkotisiert. Ein einziges Mal war ich als Kind in einem Flugzeug, ich hab's gehasst, es hat mich von zu Hause weggebracht, von Hannover nach Zürich, fort von Martin und Oskar und Carlo. Vater drückte mich die ganze Zeit ans Fenster, sagte: Schau da unten dies, schau da unten das, dabei wollte ich gar nicht sehen, wie die Welt, die ich kannte, hinter uns verschwand. Ist dir schlecht?, sagte er, und ich weiß noch, dass ich nickte, nur damit er mich in Ruh ließ. Gut, dass ich nie ein Kind hab. Maier kramt in ihrer Tasche, sucht den Namen des Hotels. Da: Kozmos. »Koz, nicht gerade ermunternd«, sag ich. Maier schaut fragend. Travel-Rolf habe nur Gutes gehört. Vier Sterne. Nicht weit von der bekannten – warte mal – Istiklal-Straße, da, wo sie demonstrieren und so.

»Ich freu mich«, sagt sie, »ich war noch nie in der Türkei. Jakob war immer dagegen.« Ich kann mir gar nicht vorstellen, dass Jakob gegen etwas war, der freundliche Mensch im freundlichen Sessel mit den freundlichen Büchern. »Wogegen war er denn noch?«, will ich wissen. Maier überlegt. »Dummheit. Dreiminuteneier. Laute Kinder.« »Vermisst du ihn?« Maier überlegt wieder. »Vermissen? Nein. Ich hab ihn nur verloren.«

Ich blättere im Reiseführer, den Maier am Flughafen gekauft hat. Stopp! *Dur!* Hilfe! *Imdat!* Wo ist das nächste Krankenhaus? *En yakın hastane nerede?* Es wäre vergnüglich, Türkisch zu lernen, wenn man die Zeit dazu hätte. Die Rechnung bitte. *Hesap lütfen.*

Maier hat ein Zimmer mit Aussicht über den Bosporus, ich seh in eine Wohnung hinein, auch cool. Zudem hat das Hotel Kozmos eine Dachterrasse, für die Raucher. Gegen Abend gehen wir essen, schlendern durch die Gassen. »Möchtest du Fisch?«, fragt Maier. Sie glaubt mir nicht, dass ich nicht hungrig bin, wo ich doch schon im Flugzeug nichts gegessen habe. »Oder türkische Pizza?« Ich möchte warmen Haferschleim. Ich möchte ein warmes Haferschleimvollbad. »Mir ist alles recht«, sag ich, worauf Maier das erstbeste Lokal betritt, auf einen Zweiertisch zusteuert und sich ächzend setzt. Hier servieren sie deutsche Wurst. Wir stoßen mit Bier auf unsere Reise an, Maier schaut vergnügt drein, mit Bierschaum unter der Nase, dann seh ich, dass sie erschrickt. »Ist was, Maier?« »Den Langen dort drüben kenn ich«, sagt sie leise. »Da geht man so weit weg, und dann gibt es deutsche Wurst und den Josef aus Mönchengladbach.« Ob es mir etwas ausmachte, Plätze zu tauschen? »Von hinten kennt mich der Josef nicht.«

Auf dem Weg ins Hotel hängt sich Maier bei mir ein. Sie ist ziemlich und ich bin ein bisschen betrunken, denk ich mal. Das kommt von dem milchigen Schnaps, den sie hier Raki nennen.

»Leben ist das Echo einer Wurst in der Speiseröhre«, sag ich.

Maier fällt nichts mehr ein.

Es ist noch dunkel, als ich mich in Unterhose mit der Bettdecke hinauf auf die Dachterrasse schleiche. Schlafen geht nicht. Ich fühle mich wieder so leicht wie im Flugzeug, könnte abheben. Jetzt wechselt drüben über Asien der Himmelsrand von Mausgrau auf Himbeer. Was unten schwarz glänzt, ist Bosporus-Wasser. Was spitz ins Bild sticht, sind Minarette. Um 6.43 Uhr kommt sie, die glühende Streichholzspitze, wird rasch größer, glühende Faust, glühender Ball, dann explodiert der Himmel, jetzt sieht man die Möwen, wie Splitter der Explosion. So was nennt man schön.

Da hätten wir wieder einen, einen Tag.

Ich bin in einer Bettdecke, auf einem Dach, in einer Stadt, in einer Welt. Lazar Laval, Jungmensch, Nochmensch, guten Morgen, seid gegrüßt, ihr Milliarden.

Beim Frühstück sagt Maier: »Leben ist, wenn das Brötchen in der Hand zittert.« Heute möchte sie die Istiklal-Straße runterlaufen und dann etwas besuchen, das »Museum der Unschuld« heißt. Mir ist es egal, ich bin im Moment zu allem fähig. Wir finden die Istiklal-Straße, aber zuerst muss Maier sich ein bisschen ausruhen, also suchen wir den nächsten Park, den Gezi-Park, und dort legt sich Maier ins Gras. »Vor zwei Jahren gab es hier Proteste«, sagt Maier, »weil der Park einem Einkaufszentrum weichen sollte.« Maier zieht ihre hellblauen Wanderschuhe aus. Sie hat die halbe Nacht im Reiseführer gelesen, zum Beispiel, dass man abends keine Zwiebeln schneiden soll, denn wer abends weinen müsse, erfahre am nächsten Tag Schlimmes. »Angenommen«, sagt Maier und massiert sich die Füße, »du hast tausend Leute, die bereit sind, mit dir zu protestieren, gegen wen oder was wärst du?« »Muss ich mir jetzt etwas Witziges ausdenken?« »Nein, etwas Ernstes.« »Dann reichen tausend Leute nicht.« »Wie viele brauchst du?« »Mehr als sämtliche Dummen, Bösen und Ahnungslosen dieser Welt.« Später, als wir unterwegs sind, sagt Maier, sie sei wahrscheinlich völlig ahnungslos sowie halbwegs dumm, aber böse, nein, das sei sie nicht. »Maier, ich habe nicht dich gemeint.« »Weiß ich doch.«

Maier bleibt immer wieder mal stehen, späht in Schaufenster und Kaffeehäuser, schaut an Fassaden hoch, entziffert Beschriftungen, dreht sich nach Passanten um. Ich merke, dass mir solche Neugier und Verwunderung völlig abgeht. Anders als in Oaxaca scheint mir hier und jetzt gar nichts neu, ich meine, gelesen zu haben, was da auf Türkisch steht, ich meine, gegessen zu haben, was im Take-away angeboten wird, ich meine, geredet zu haben mit all den Schnauzbärtigen. Das Straßenleben kommt mir vor wie die Wiederholung eines Stücks, und ein paar verschleierte Frauen haben sich für diese Aufführung verkleidet. Etwas hat sich verschoben, weiß nicht, woran das liegt.

Maier bleibt stehen, studiert den Stadtplan und sagt »Mist«. Wir sind in die falsche Richtung gegangen. Etwa zwei Kilometer für die Katz, schätzt Maier. Und ihr tut schon alles weh. Aber dann schaut sie hoch, erblickt das Schild »Atatürk Müzesi« und macht so ein erfreutes Gesicht, als sei ihr das rosafarbene dreistöckige Haus soeben als Geschenk persönlich überreicht worden.

»Programmänderung«, sagt sie. Sie will wissen, was ich

von Atatürk weiß, und damit holt sie mich aus meiner verschobenen Realität zurück in die Wirklichkeit, denn Atatürk war im letzten Semester Thema, und ich kann richtig loslegen. Wir schauen uns seine Stiefel an, seinen Bademantel, seine Schreibfeder, ein Häufchen seiner Haare in einem Glasgefäß. Dann stehen wir in seinem Schlafzimmer, und Maier ist etwas enttäuscht, sie hat es sich prunkvoller vorgestellt.

»Was machst du?«, flüstert sie entsetzt, als ich über das Absperrseil steige und den weißen Bettüberwurf an einer Ecke hochhebe. »Pass auf, der Wärter«, zischt sie.

»Ich hab nur was unter die Decke gelegt«, sag ich, »damit es von uns zwei auch eine Reliquie gibt.«

10
Vita

Vita lässt sich aufs Bett fallen, das Bett ist bequem, aber sonst ist das Hotel enttäuschend. Ob diese Reise eine gute Idee war, wird sich zeigen. Klar ist, dass sie sich schon am ersten Tag zu viel zugemutet hat. Auch für Lazy war es viel. Er war zeitweise seltsam abwesend, dann – wie eine Lampe mit Wackelkontakt – wieder voll aufgedreht, zum Beispiel in Atatürks Schlafzimmer. Steigt er doch einfach über die Absperrung, so als wolle er sich gleich ins Bett legen. Vita lacht in sich hinein. Jetzt liegen dort unter der Decke zwei Plastikkarten: Lazys Ausweis für die Zentralbibliothek und ihre Coop-Bonuspunkt-Karte. Waren beide noch in der Tasche seiner Sommerhose, die er hastig eingepackt hat. »Die halten ewig«, hat er gesagt, »bis ans Ende des Anthropozäns.«

Dass die beiden Karten jetzt nebeneinander unter Atatürks Decke liegen, rührt Vita ein bisschen. Es ist wie ein Zeichen von Freundschaft. Später im Großen Bazaar hätte sie Lazy gerne etwas gekauft, aber getraute sich nicht. Er war wieder so eigenartig still. Schön war es, als sie sich bei den Fähren einen Platz zum Ausruhen suchten, zusammen auf einem Poller saßen und Lazy den Arm um Vita legte, damit sie nicht vom Poller rutschte. Schön war es auf der

Galatabrücke, die Sonne hatte sich gerade davongemacht, der Himmel war voller rosafarbener Knäuel, und die Möwen schrieben etwas in die Luft. Vita schob den Arm unter Lazys Ellbogen, und er hatte nichts dagegen. Morgen ist die Blaue Moschee dran, Lazys Wunsch. Aber so müde wie jetzt will sie nicht mehr werden. Sie ist sogar zu müde zum Schlafen. Hat immer noch das Tuten der Fähren im Kopf.

Der Flug nach Şanliurfa war kurz und gnädig. Vita hat beim Einchecken alle Passagiere begutachtet und entschieden, es seien keine darunter, die in den Dschihad ziehen. Und außer einem älteren Ehepaar mit deutscher Zeitung sah sie auch keine Touristen. Von Reisen in den Südosten wird ja abgeraten, und jetzt im November bleiben die Leute sowieso hinterm Ofen.

Als sie im Taxi sitzen, hat Vita plötzlich ein schlechtes Gewissen, dass sie Lazy überhaupt eine Reise vorgeschlagen hat. Was, wenn alles schiefgeht. Was, wenn es Lazy schlecht geht. Was, wenn sein Fuchs ihn enttäuscht. Braune Felder, scheußliche neue Wohnblöcke. Vita schließt die Augen und hört zu, wie sich Lazy auf Englisch mit dem Fahrer unterhält. Er fragt nach einem Hotel in der Altstadt, und der Fahrer verspricht ein very very good Hotel, very very nice and good price und very very near Bazaar. »Sag ihm, er soll langsamer fahren«, ruft Vita vom Hintersitz. Lazy versucht es, aber das nützt nichts. Der Fahrer hat das Radio aufgedreht, und von dem schwankenden Singsang wird Vita ein bisschen übel.

Das Hotel Göl hat freie Zimmer, genauer gesagt: Es gibt überhaupt keine anderen Gäste als Vita und Lazy. Vita hat ein Dreibett-, Lazy ein Vierbettzimmer. Es sind Zimmer für Pilgergruppen.

»Sind wir doch auch, Pilger«, sagt Lazy und zerrt zwei Stühle auf den Balkon, während Vita versucht, das Heizgebläse auszuschalten und die verklemmte Schranktür zu öffnen.

»Morgen suchen wir was anderes«, sagt sie.

Nein, findet Lazy, der Hof sei doch schön, »schau mal«.

Der Hof sieht aus, als sei die Zeit zwischen den Mauern gestockt. Dickarmiges Grünzeug klettert die Wände hoch, in der Mitte steht ein Baum mit gelben Blättern und rötlichen Früchten – Granatäpfel? –, eine magere Katze sitzt auf dem Brunnenrand, und auf einem Sofa liegt ein Alter unter einer Decke und scheint zu schlafen. Dann ruft der Muezzin, so laut, als sitze er auf dem Balkongeländer, ein ganzer Muezzin-Chor setzt ein und dröhnt über die Stadt, der Alte unten dreht sich, Vita lacht, und Lazy hält sich die Ohren zu. Die Spätnachmittagssonne ist nicht mehr warm, aber vergolden kann sie immer noch, sie tut es mit weichen Pinseln.

Lazy will gleich morgen früh nach Göbekli Tepe fahren, will der Erste sein, wenn die Ausgrabungsstätte aufmacht, um acht. »Kein Problem«, sagt Sidar, der Mann an der Rezeption. Er kann ein bisschen Deutsch, er war eine Zeitlang bei seinem Bruder in Mainz. Das Taxi sei um sieben Uhr fünfzehn da. Hundert Euro hin und zurück. Kleines

Frühstück um sieben. »Läuft wie geschmiert«, sagt Lazy und schiebt Sidar zehn Euro rüber. Vita wirft einen Blick in den Hof. Der Alte ist weg, jetzt liegt die Katze auf dem Sofa. Der Baum ist ein Granatapfelbaum, und das Duftende in den Töpfen ist Minze und Basilikum.

Obwohl November und bald Abend ist es nicht kalt, so fünfzehn Grad, schätzt Vita. Aber Lazy fröstelt und zieht seine Jacke eng um die Brust. Sie gehen eine unschöne Straße lang in Richtung Kuppeln und Minarette, vorbei an Friseurlokalen, Dönerbuden, Ramschläden, Baustellen. Vita hat vorgeschlagen, in der Altstadt zu essen, danach früh zu Bett zu gehen und Şanliurfas Sehenswürdigkeiten für übermorgen aufzusparen. »Möchtest du hier leben?«, fragte Vita. »Leben wär schon mal nicht schlecht«, antwortet Lazy, zumindest meint Vita, das verstanden zu haben, soeben fährt ein Polizeiwagen mit Sirene vorbei. Weiter vorne ist die Straße abgesperrt, für die Passanten bleibt nur ein schmaler Durchgang offen. Auf der anderen Straßenseite steht eine Gruppe von Polizisten, in voller Montur, mit Maschinengewehren. »Komm, rasch«, sagt Vita, doch Lazy bleibt stehen. »Ich will das sehen.« Aus dem Haus gegenüber wird ein Sarg herausgetragen, ein grüner Sarg, und gleich dahinter noch einer. Im Türeingang steht ein Mann, der zu weinen scheint. Der Polizeiwagen fährt mit den Särgen davon, und Lazy sagt, er finde grüne Särge schön.

Vita will vor dem Schlafengehen heiß duschen, aber aus der rostigen Brause tropft es nur lauwarm. Sie nimmt die

Decken von den beiden Zusatzbetten, richtet sich unter dem Deckenberg so ein, dass nichts schmerzt, und schickt ihre Gedanken in die Füße, jemand hat ihr mal gesagt, dass sie so warm werden. Aber die Gedanken wollen nicht bei den Füßen verweilen, schweifen ab zum vergangenen Abend, zu Lazy im Vierbettzimmer nebenan, der grüne Särge schön findet und behauptet hat, er werde heute Nacht alle zwei Stunden in einem anderen Bett schlafen. Er hat ihr beim Abendessen noch einmal eine Menge über Göbekli Tepe erzählt; vom ersten Tempel der Welt, von der Erfindung des Jenseits, vom Fuchs als Begleiter auf dem Jenseitsweg. Und Vita hat gedacht: Zu einem, der so jung ist, passt das irgendwie nicht richtig.

Der Muezzin ruft, Vita fällt im Traum fast vom Fahrrad. Es ist kurz nach halb fünf, draußen noch dunkel. Noch zwei Stunden zu schlafen, Vita hat versprochen, Lazy rechtzeitig zu wecken. Ein paar Hunde bellen und hören so abrupt wieder auf, als hätte man einen Schalter umgelegt. Stadthunde, die niemandem gehören. Vita hofft, dass Ausi zu Hause nicht an der geschlossenen Tür kratzt. Vielleicht ist ihm ja plötzlich eingefallen, er könnte wieder in der Torstraße einziehen. Er würde es nicht verstehen, dass man ihn wegscheucht. Sie hätte Travel-Rolf informieren müssen, aber sie hatte so viel anderes zu bedenken bei dieser hastigen Abreise. Jetzt sind sie tatsächlich hier, und alles scheint zu klappen. Vita streckt sich vorsichtig aus. Die ganz große Reise ist erst mal verschoben. Lazy hat sie nicht mehr erwähnt. Vita versteht nicht ganz, warum die Bettdecken so laut rauschen.

Dann erwacht sie, schüttelt den Traum weg, tastet sich zur Toilette und prüft, was ihr alles wehtut.

Sechs Uhr, der graue Himmel glimmt am Rand, Sonnenaufgang. Wieder die Hunde. Dazu Tauben. Vielleicht kommt jetzt warmes Wasser aus der Dusche, nein, auch egal. Sie können heute Abend das Hotel wechseln.

Vita klopft an Lazys Tür, nichts rührt sich. Ich muss ihn wohl schütteln, denkt Vita, macht auf und nähert sich dem unordentlichen Haufen auf einem der vier Betten. Sie greift in den Betttuchknäuel und zupft ein bisschen.

»Lazy, steh auf.«

»Ich kann nicht.«

Lazy dreht ihr das Gesicht zu, und sogar im Halbdunkeln wird ihr klar, dass er Fieber hat, hohes Fieber. Er zittert und glüht.

Kein Fuchs heute.

Vita hat den Taxifahrer weggeschickt, mit zehn Euro als Entschädigung, und ist froh, dass sie sein Geschimpfe nicht verstanden hat. An der Rezeption ist niemand. Im leeren Essraum ist für zwei Personen gedeckt. Pantoffelschlurfend bringt eine alte Frau Kaffee, dann Tomaten mit Käse, Oliven und Brotfladen. Wahrscheinlich bin ich älter als sie, denkt Vita. Von nahe gesehen ist sie recht drall. Vielleicht lässt sie ihren schnauzbärtigen Eheherrn noch auf sich reiten.

Mit zwei Flaschen Mineralwasser geht Vita die Treppe hoch und direkt in Lazys Zimmer. Der Haufen auf dem

Bett hat sich nicht verschoben. »Das Taxi«, sagt Lazy und macht kurz die Augen auf. »Trink«, sagt Vita und hält ihm das kühle Glas ans Gesicht. Lazy stemmt sich auf, trinkt, verschluckt sich, hustet. »Die gelbe Schachtel«, murmelt er und lässt sich wieder sinken. Vita wühlt in seiner Reisetasche und legt elf Medikamentenschachteln auf eines der Betten. Sie hat nicht gewusst, dass Lazy das alles braucht, das ist erschreckend. Zum Glück ist nur eine Schachtel gelb. Tetracyclin. Lazy wird es wohl wissen. Er schluckt die zwei Pillen aufs Mal, hustet.

Vita zieht den Vorhang auf, schüttelt die Decken, macht Socken nass, wringt sie aus und legt sie Lazy über die Augen. »Schlaf einfach«, sagt sie. »Der Fuchs läuft uns nicht davon.« Dann schleicht sie sich aus dem Zimmer. Als sie sich bückt, um ihre Wanderschuhe zuzubinden, merkt sie, dass sie zittert. Wenn sie nun auch noch krank würde … Nein, das ist nicht Fieber, das ist Angst. Achtunddreißig Komma neun Grad Angst.

Erst halb neun. Unten in der Rezeption ist noch immer niemand. Vita hätte gerne gefragt, wo es eine Apotheke gibt. Wieder geht sie die unschöne Straße lang, die Absperrung ist entfernt, vor dem Haus, aus dem die grünen Särge kamen, steht ein Polizist und lacht ins Handy. Sie hätte diese Reise nicht vorschlagen dürfen. Das war reine Dummheit. Sie ist schuld, dass es Lazy jetzt schlecht geht. Es darf nicht sein, dass er hier stirbt. Was heißt Fiebermesser auf Englisch? Sie sucht die unschöne lange Straße auf beiden Seiten ab und findet einen Laden, der wie eine Apotheke ausschaut.

»Fever« sagt sie und schiebt die Hand in die Achselhöhle. »Fiebermesser«, sagt der Apotheker. Vita lacht. »Husten«, sagt sie, worauf der Apotheker etwas auf Türkisch zurückgibt. Klingt wie »Öh vürrückt«. Jetzt lachen beide, und Vita freut sich über das Lachen und darüber, dass sie hier ist, in dieser sicheren Ecke der Welt, von der sie gerade eben noch rein gar nichts gewusst hat.

Abrahams Teich ist das Ziel der Pilger und Touristen, nicht schwer zu finden, Vita läuft einfach den Menschen mit Kameras nach. Am heiligen Wasser voll heiliger Karpfen setzt sie sich auf eine Treppenstufe, aber das ist unbequem. Im angrenzenden Park findet sie eine Sitzbank mit angenehm gewölbter Rückenlehne und beschließt, eine Weile hierzubleiben und die Aufregung abzustreifen. Sie hat besorgt, was sie wollte: einen Fiebermesser und ein Fieber-Husten-Medikament sowie ein Glas Honig, drei Zitronen und zwei Flaschen Granatapfelnektar. Jetzt ist sie gerüstet für Lazys Pflege. Erst will sie ihn schlafen lassen und gegen Mittag dann nach ihm schauen. Vielleicht haben bis dahin die Pillen aus der gelben Schachtel schon gewirkt. Auch eine Zeitung hat sie für Lazy gekauft, *Hürriyet Daily News*, vielleicht steht da was drin über den Polizeieinsatz von gestern Abend und die grünen Särge. Öh vürrückt, denkt Vita, öh vürrückt, was wir da beide machen. Aber es kommt schon gut. Morgen ist Fuchstag, allenfalls übermorgen. Sie weiß sogar, wo der nächste Arzt ist. Der nette Apotheker hat es ihr gezeigt.

Sie hat allerbeste Sicht auf die Flanierenden, hört Geschnatter und Gelächter, studiert Konstellationen und stellt bald fest: Hier ist niemand allein, hier sind Paare, Familien, Freunde, die sich halten, schubsen und aufeinander warten. Und wenn mal einer alleine daherkommt, dauert es nicht lange, und ein Kind rennt herbei und schiebt seine Hand in die Hand des Alleinigen, oder er bleibt stehen, weil ihn von hinten jemand ruft. Keine einzige Einzelperson kann Vita ausmachen, und langsam wird sie neidisch, weil sie und nur sie niemanden hat. Aber irgendwo dazugehören möchte sie auch nicht. Ach, vergnüg dich doch, zwitscherndes Pack. Diese ganzen Rudel von schönen und hässlichen Wesen werden irgendwann aus dem Leben hinauslaufen, denkt Vita, und plötzlich wird ihr klar, was am Leben das Erstaunlichste ist: dass es einfach aufhört.

Sie könnte ein Taxi nehmen und stadtauswärts zum Felsengrab von Hiob fahren. Dort, heißt es in ihrem Reiseführer, darf man heilendes Wasser aus dem Brunnen pumpen und mit nach Hause nehmen. Gott hat Hiob sieben Jahre krank sein lassen, doch Hiob hat nicht aufgegeben. Lazy schon, Hiobs Brunnenwasser hilft nicht. Und Lazy würde es ohnehin gleich ausleeren, auf den Schmuddelteppich vor seinem Bett oder in die gelbschlierige Toilettenschüssel.

In den *Hürriyet Daily News* sieht Vita ein Bild des Hauses, aus dem die grünen Särge getragen worden sind. Zwei syrischen Journalisten ist die Kehle durchgeschnitten worden. Vita weiß nicht, ob sie Lazy das zeigen will. Şanliurfa ist nur vierzig Kilometer von der syrischen Grenze entfernt, vom Territorium des mörderischen IS. Dreihundertfünfzigtausend syrische Flüchtlinge sollen vor und in der Stadt sein. Das ist schon fast Kriegsgebiet, denkt Vita, ich muss zurück zu Lazy.

Die Hotellobby ist zugestellt mit übervollen Taschen. »Neue Gäste?«, fragt Vita. Sidar setzt für Vita ein Lächeln auf und beugt sich gleich wieder über den Computer. Im Essraum ist niemand, Vita nimmt zwei Gläser vom Regal, ein Messer, einen Löffel, dann steigt sie die steinerne Treppe hoch und wundert sich. Aus den Zimmern hört man Stimmen, tiefe, hohe, schrille. Also doch Gäste, laute Gäste. Hoffentlich kann Lazy trotzdem schlafen. Vorsichtig stößt sie die Tür auf, ja, er schläft noch, atmet hörbar, als müsste er einen Berg besteigen, und seine Nasenflügel blähen sich. Vita schaut ihm eine Weile zu. Es riecht süßlich hier drin, obwohl die Balkontür weit offen steht.

Sie legt sich aufs Nachbarbett und bereut, dass sie diesen gefüllten Teigfladen gegessen hat, hastig im Stehen. Wer weiß, womit er gefüllt war. Gedanken tauchen auf von links und rechts, kreuzen sich wie Windsegler auf dunkler See.

Sie denkt an Jakobs Bücher und einen Satz, den er angestrichen hat: *Nur die Krankheit nimmt dem Sterben seinen Glanz.*

Sie denkt an Josef von Hungerhelp, der in Istanbul in diesem Lokal saß, wo's deutsche Wurst gab. Er hat ihr mal gefallen, bevor er nach Mönchengladbach zog. Peinlich. Im Himmelreich wird es so sein, dass man Leute trifft, die man nie wiedersehen wollte.

Sie denkt an den freundlichen Apotheker von heute Morgen, er murmelt ein paar Ö und Ü und deckt sie mit einem weichen Tüch zü.

Als sie aufwacht, hört sie Lazy husten. Er sitzt jetzt aufrecht auf dem Bettrand, die Decke um sich geschlungen. »Du siehst erbärmlich aus«, sagt sie. »Danke«, sagt er. Sie sieht, dass er friert, und legt ihm zwei Finger an die Stirn. Sie ist heiß wie eine Pellkartoffel aus dem Dampfkochtopf. »Wir müssen umziehen«, sagt sie. »Das hier ist nichts für Kranke.« Aber Lazy will nicht. Auch nicht, als sie sagt, es werde bestimmt laut, in der Lobby lägen ganze Haufen übervoller Taschen. »Gut, läuft was«, sagt Lazy, »totenstill wird's noch früh genug.«

Vita packt aus, was sie gekauft hat. Lazy schluckt die türkischen Tabletten, trinkt eine Flasche Saft aus, löffelt das Honigzitronengemisch, das Vita in einem Trinkglas verrührt hat. Dann sinkt er zurück aufs Bett und taucht wieder ab in sein Fieber. Die Tür geht auf, ein Kind kommt herein und schaut erschrocken drein, hat sich im Zimmer geirrt. Ist das nun so ein Pilgerkind?

Vita späht hinunter zum Hof. Auch da Taschen, diese billigen aus plastifiziertem gestreiftem Stoff. Was für eine Invasion kann das sein. Vita beschließt, sich zu erkundigen und dann irgendwo Tee zu trinken und einzukaufen.

Flüchtlinge sind es, hat Sidar gesagt, Refugees aus Syrien. Kurden. Sidar ist selber Kurde. Das Hotel, das Göl, gehört seinem Onkel, und der hat Anweisung gegeben, die Zimmer für die Refugees freizumachen. »Ich hoffen, Sie nicht stören machen«, sagte er. Vita fragte, ob sie am Abend Suppe haben könnten, ihr Begleiter sei krank. Was für Suppe denn? Reissuppe? Ja bitte, Reissuppe, wunderbar. Sie hat versucht, Sidar klarzumachen, Lazy sei ihr Enkel, aber das Wort Enkel kennt er nicht, er hat Onkel verstanden.

Heute ist der elfte Elfte, ich glaube, ich hab heute elf Zehen, denkt Vita, das drückt. Die Füße tun weh wie noch nie. Es ist warm, Sandalen wären angenehm, aber Vita hat nur ihre Wanderschuhe dabei. Sie setzt sich immer mal wieder, auf Bänke, Mauern, Treppenstufen, spürt erneut den lästigen Schwindel. Ich bin alt, ich habe genug, was soll ich hier, in dieser Stadt, die mir nicht gefällt und die mich nichts angeht. Ich will keinen Teppich, keine Gewürze, kein heiliges Wasser. Bin keine Türkin, keine Muslimin, keine Archäologin. Brauche keinen Schlepper, keinen Callboy, auch keinen Dschihadisten, der mich mit in die Luft sprengt, ich möchte schöner sterben. Jetzt einfach möglichst rasch Lazys Fuchs erledigen und dann ab nach Hause.

Vita will sich nicht ausmalen, wie's weitergeht, wenn Lazy morgen nicht besser dran ist, aber dann tut sie's doch, als sie an einem Gebäude vorbeigeht, das wie ein Spital aussieht, Sanmed Hastanesi heißt es, und vor dem Portal stehen ein paar grün gewandete und weiß gewandete Leute, wohl

Krankenhauspersonal. Hier müsste sie mit dem Taxi vorfahren und Lazy irgendwie heraushieven. Guten Tag, retten Sie meinen Enkel oder Onkel.

Sie findet einen Süpermarket und füllt ihren Rucksack mit allerlei fürs abendliche Essen im Zimmer und zwei weiteren Flaschen Granatapfelnektar. Lazy hat ihn so gierig getrunken. Dazu Plastikgeschirr und bunt bedrucktes Küchenkrepp. Wird sie die Welt halt noch ein bisschen versauen, wie Lazy mal gesagt hat.

Wieder der süßliche Geruch im Zimmer, ein Krankengeruch. Lazy liegt bewegungslos unter der Decke und rührt sich auch nicht, als sie ihn anfasst. Vita erschrickt, aber da murmelt er »Alo, Maier«. Allah sei Dank, sagt Vita halblaut, und im selben Augenblick fangen draußen die Muezzins zu rufen an. Sanftes Sirenengeheul im Krieg gegen die Sünde. Vita stellt sich auf den Balkon und wundert sich, dass die Klangschwärme den Himmel nicht verdunkeln. Unten im Hof knien Männer Richtung Mekka und strecken Vita ihr Hinterteil entgegen. Plötzlich steht Lazy neben ihr, sie spürt, ohne ihn zu berühren, dass er immer noch heiß ist. »Du riechst wie ein Kranker«, flüstert sie.

»Leben ist riechen und gerochen werden«, sagt er.

»Leben ist«, sagt sie und weiß nicht gleich weiter, denken geht nicht, sie ist zum Denken grad ein bisschen zu froh.

Er tut, was sie sagt, zieht was Frisches an und legt sich in ein anderes, ein unverschwitztes Bett. Vita spült im Badezimmer seine Fieberwäsche aus, hängt sie übers Balkongeländer, sieht zu, dass er die Banane fertig isst und Medikamente schluckt. Als sie ihm erzählt, die vielen neuen Gäste seien Refugees und in den Taschen seien ihre Habseligkeiten, sagt Lazy zufrieden: »Habseligkeiten ist ein schönes Wort«, und macht wieder die Augen zu.

»Leben ist etwas hinter und etwas vor sich haben«, sagt Vita, aber Lazy scheint schon zu schlafen.

Auch Vita hat sich noch mal hingelegt und ist erst aufgewacht, als es dunkelte. Jetzt sitzt sie im grell erleuchteten Essraum und schaut der pantoffelschlurfenden Frau zu. Die obere Hälfte des Körpers ist dreißig Jahre jünger als die untere, bewegt sich flink und zielsicher, deckt Tische, verschiebt Stühle. Es scheint, dass die Refugees heute Abend hier verpflegt werden. Es riecht gut, nach Knoblauch und Tomatengemüse. Die Pantoffelfrau kommt mit einem vollen Teller, stellt ihn Vita hin, Vita wehrt sich nicht und bedankt sich. Sie ist auch ein Flüchtling und lässt es sich schmecken, Aubergine, Hackfleisch, Reis und Rosinen.

Als sie mit einem Topf Reissuppe die Treppe hochsteigt, kommen ihr die Flüchtlinge entgegen, auf dem Weg zum Abendessen, sie wirken, als hätten sie sich schöngemacht, die Kinder tänzeln, die Eltern grüßen mit einem Lächeln, als wäre die Welt in Ordnung und die Heimat noch ganz.

Lazy sitzt wieder auf dem Bettrand. Seine Augen sehen nicht mehr aus wie schwimmende Lichter, er schaut sie an. »Alo, Maier.« Vita zieht einen Stuhl heran, stellt den Suppentopf darauf und legt den Fiebermesser dazu: »Nun iss und miss.« »Und piss«, ergänzt Lazy und schwankt Richtung Badezimmer.

Achtunddreißig zwei, könnte schlimmer sein. Nicht nötig, dass sie in Lazys Zimmer schläft. Er hat alles, was er braucht, und wenn was ist, kann er kommen und sie wecken. »Morgen sehen wir weiter«, sagt Vita. Lazy nickt. Sie weiß, dass er denkt: Morgen ist Fuchstag. Moritz war auch so. Hat zu ihren Äußerungen genickt und gleichzeitig was Eigenes beschlossen. Es ist das erste Mal auf dieser Reise, dass sie an Moritz denkt. Er ist so weit weg. Der tote Jakob ist ihr näher. Und Lazy ist ihr am nächsten. Nicht nur weil er im Nebenzimmer liegt.

Nachts wacht sie auf und schleicht sich hinüber zu Lazy. Durch die Balkontür fällt ein Streifen fahlen Lichts auf sein Bett. Vita beobachtet seinen leichten Schlaf. Jetzt weiß sie, was eine Schlummermutter ist.

Noch einmal wacht sie auf in dieser Nacht, im Haus schreit jemand, wahrscheinlich ein Mann. Es ist ein heulendes Weinen mit Pausen dazwischen. Entweder hat der Mann Albträume oder hat erst jetzt realisiert, was und wen er durch die Flucht verloren hat. Die Menschen unter diesem Dach wünschen sich ein Leben, denkt Vita, eins wie gehabt oder neu und besser. Nur ich will keines mehr, und Lazy auch nicht. Soll sie sich deswegen verachten? Ein Satz taucht auf, den Jakob angestrichen hat: *Nicht ›zu leben‹ ist nämlich ein Gut, sondern ›gut zu leben‹*. Ja, so ähnlich lautete der Satz. Eigentlich weiß sie erst jetzt, wie gut sie's mit Jakob gehabt hat.

»Siebenunddreißig zwei«, hat Lazy heute Morgen gesagt. Sie weiß nicht, ob sie ihm das glauben kann. Immerhin scheint er nachts einiges von dem gegessen zu haben, was sie gestern eingekauft hat. Die Bananen sind weg, auch die Käsescheibletten und die Brötchen. »Wir fahren«, hat er gesagt, und das klang so, als sagte er noch: Wehe, du machst Einwände.

So sitzen sie nun im Taxi, es ist nicht sieben Uhr morgens, wie Lazy das gern gehabt hätte, sondern bereits elf. Sidar am Empfang sagte, leider sei es zurzeit etwas laut im Hotel, und er schien sich zu wundern, dass sie die Zimmer für eine weitere Nacht buchten.

Lazy will heute zum Fuchs und gleich morgen nach Hause. »Wenn wir gehen, werden sieben Betten frei«, sagt er, »für sieben geflohene Zwerge.« Zu Vitas Vorschlag, heute den Arzt aufzusuchen, hat er nur heftig den Kopf geschüttelt. Vita vermutet, dass er keine Zeit verlieren will, bevor vielleicht das große Fieber wiederkommt.

Es sind rund zwanzig Kilometer bis nach Göbekli Tepe. Der Taxifahrer singt. Es ist warm. »Dort ist es«, sagt Lazy und zeigt auf einen Hügel in der Ferne mit einem dunklen Punkt auf dem Buckel. Das muss ein Baum sein.

11
Lazy

Ich merke wohl, dass mich Maier von der Seite anschaut. Sie tut, als habe sie etwas durchs Fenster erspäht, dabei ist da nichts als Gestrüpp oder bräunliches Feld, und dann streift sie so nebenbei mein Gesicht. Soll sie glauben, es gehe mir gut. Dabei wird mir in jeder Kurve schlecht. Soll sie glauben, ich habe aufgegessen, was sie gekauft hat. Dabei schwimmen Brötchen und Käse zerkrümelt in der Kanalisation unterm Hotel. In mir drin sind seltsam lose Klumpen, und um sie herum rast das Blut wie irre. Nichts stimmt mehr. Maier braucht es nicht zu wissen. Sie wäre enttäuscht, hat sich echt Müh gegeben, mich hierher zu schleppen. Alleine hätt ich das nicht mehr geschafft. Zum Glück hab ich ihr schon zu Hause die ganze Geschichte erzählt von dem deutschen Professor und seiner Ausgraberei, den runden Tempelanlagen, den riesigen T-Pfeilern wie breitschultrige Riesen, den Reliefs auf den Pfeilern, zum Beispiel dem Fuchs. Heute brauchen wir nicht mehr zu reden.

»Was soll der Fuchs?«, hatte Maier gefragt, daheim am Küchentisch. Caniden wie Hund, Schakal oder Fuchs, sagte ich, seien symbolische Seelenführer ins Totenreich, bekannt sei Anubis in Ägypten. Maier suchte einen Stift, schrieb

Anubis auf die Manschette der Salami und verschwand damit, um zu googeln. Es gibt Leute, die brauchen Begründungen, um etwas zu mögen. Canidensymbolik ist mir so was von egal. Ich mag ihn einfach, den Fuchs, er passt mir wie ein eigener Pelz.

Vor sechs Monaten bin ich zum letzten Mal in einem Taxi gefahren, in Mexiko. Da war mir auch schlecht, aber anders schlecht. Da hab ich noch gemeint, ich werde wieder gesund. Jetzt fühl ich mich wie ein missglücktes Gebäck, das man auf einer Trage aus dem großen Ofen gezogen und zum Entsorgen beiseitegelegt hat. Nein, ein zweites Mal kann man Gebackenes nicht in den Ofen schieben. Hat nicht sollen sein. Fuchs, wir kommen. Schon ist der Baum auf dem Hügel zu sehen, den hab ich mir üppiger vorgestellt. Aber jetzt ist November, und die Blätter fallen, fallen wie von weit, so was Ähnliches hat mal jemand gedichtet, und das hab ich in der Schule lernen müssen. Schon Mittag. Hoffentlich sind nicht viele Leute da. Ich kann Vieleleute nicht mehr gut aushalten. Es verschmiert mir die Bilder.

Glück. Wir biegen in den Parkplatz ein, und da fahren eben zwei Kleinbusse weg. Weit hinten steht noch ein einziges Auto, wohl das der Tempelwächter.

»Maier, wir sind allein!« Maier schaut sich verwundert um. »Maier, was ist?« Nichts sei. Sie habe es sich etwas anders vorgestellt. Schön, diese Weite rundum, aber der Hügel sehe wie eine Baustelle aus. Maier hat recht, da ist alles verstellt mit Rampen, Geländern, Schutzdächern bis fast hinauf zur Kuppe. Es sieht anders aus als auf dem feierlichen

Video des Professors. Egal, Hauptsache, wir sind hier. Fünf Schilling kostete der Eintritt, ich würde auch tausend zahlen. »Want Guide?«, fragt der Mann mit der Kasse und pfeift, als er sieht, wie Maier mich werweißend anblickt. Der Herbeigepfiffene schaut aus, als ginge er gleich zum Standesamt, Anzug, Krawatte, polierte Schuhe. »Zewanzig Schilling«, sagt er, »schpereche perima Deutsch.« Ob sie den wirklich wolle, frage ich Maier, sie nickt, und los geht's, zuerst zum Schlangentempel, wenn ich die Pläne richtig im Kopf hab. »Schelange«, sagt der Guide. Das Schutzdach nimmt Licht weg, man muss sich anstrengen, um die Reliefs zu sehen, aber, Mann, das ist Wahnsinn. Der Pfeiler ist bestimmt vier Meter hoch, darauf vier Schlangen, drei abwärts, eine aufwärts, vor zwölftausend Jahren in den Stein gehauen! »Alt zewölfetausend«, sagt der Guide. »Was sagt er?«, flüstert Maier. »Profesör Schemidt vor zewanzig Jahr entedeckt. Geröste Stein fünfzig Tonne schewer.« Ich halte den Mann nicht aus. »Maier«, sag ich flehend, und Maier lacht. Sie fasst den Guide am Ärmel und sagt: »Wir zwei gehen schon mal voraus.« Ich weiß nicht, wie sie ihm das erklären wird. Aber Maier kann das. Maier kann unversehens Erstaunliches machen.

Der Fuchs ist voll im Licht, kein Schutzdach stört, leicht schräg ragt der Pfeiler ins Blaue. Wenn ich nicht schon Fieber hätte, bekäm ich es jetzt. Das ist mein Fuchs. Das bin ich.

Ein Fuchsmann ist es, ganz deutlich, ein Fuchsbub, ein Füchserich. Die Vorderbeine hoch im Sprung nach rechts, der Schwanz gestreckt, die Ohren etwas zurückgelegt, das Maul leicht offen wie lachend. So alt und so frisch. Erst seit ein paar Jahren wieder am Licht, zuvor eine Ewigkeit unterm Boden. Bei mir ist es umgekehrt, bin seit ein paar Jahren am Licht und danach eine Ewigkeit unterm Boden.

Ich stehe, ich schaue, ein Jet zieht einen Streifen, zu hören ist nichts, außer das Rauschen in meinen Ohren.

Fuchs, hörst du es auch?

Es ist, als hätte ich *mich* besucht.

Maier sitzt allein auf der Kuppe, auf dem Mäuerchen unterm Baum. Ein Maulbeerbaum, habe der Guide gesagt, sie hätte das nicht gewusst. Der Baum ist vollgehängt mit weißen Stofffetzen, ein Wunschbaum, habe der Guide gesagt. Kurdinnen, die auf eine erwiderte Liebe oder auf ein Kind hoffen, würden hierherkommen und ein wunschgetränktes Fetzchen in die Äste hängen. »Hat er dauernd auf dich eingeredet?«, frage ich. Er sei ganz nett, sagt Maier. »Aber es war gut, dass du mit deinem Fuchs allein warst.«

Ich möchte mich gern flach und todkrank auf den Boden legen, aber das darf ich nicht, Maier würde erschrecken, also setz ich mich zu ihr, und wir schauen hinaus über die Ebene. Weit im Süden ist Şanliurfa zu erkennen, die grünlichen Tupfer sind Olivenbäume, was silbrig schimmert, ist altes Gras. Maier, hast du gewusst, dass die Bauern da nicht mehr pflügen dürfen, weil unter der Erde noch etwa zwanzig weitere Tempel vermutet werden? Maier, hast du gewusst, dass ein Tempel nach dem anderen von den Tempelbauern eigenhändig zugeschüttet wurde? Maier, hast du gewusst, dass dadurch dieser Hügel entstand? »Es ist ein seltsamer Ort«, sagt Maier und zieht die Schuhe aus. »Meine Füße sind schwer, und mein Kopf ist schwer, aber ich bin froh, dass wir da sind.« Dass hier die Religion entstanden ist, sei ihr jedoch völlig egal. Sie zieht einen Streifen Toilettenpapier aus der Tasche. »Da, bind es an den Baum und wünsch dir was. Der Baum merkt nicht, dass du keine Kurdin bist.«

Ich schüttle den Kopf, und Maier steckt den Streifen wieder ein. Ob ihr klar sei, warum ich nicht mehr leben will, frage ich. Maier nickt und sagt nach einer Weile: »Du hast einen Grund. Ich nicht. Und trotzdem mag ich nicht mehr.« Sie habe oft gedacht, wie es wäre zu sterben, aber gewünscht hat sie es sich erst seit ein, zwei Jahren. So als hätte die Seele die Farbe der Gedanken angenommen. Ich weiß nicht, ob Maier so eine verblüffende Formulierung selber fabriziert oder sich aus Jakobs Büchern angeeignet hat.

Lange ist es still. So lange, dass die Stille schon fast dröhnend wird. Endlich sagt Maier: »Hast du gesehen? Diese riesigen T-Pfeiler haben zum Teil eingravierte Arme und Hände und Gürtel, sollen das Menschen sein? Oder Götter? Warum haben sie keinen Kopf wie wir? Sie sehen aus wie stehende Hammerhaie …« Während Maier redet, leg ich mich auf die Erde, seh das Himmelsblau durch den Baum und davor die weißen Fetzchen und denke: Die Menschheit ist seit jeher ein einziger Klumpen Wunsch.

Von der Heimfahrt weiß ich nicht mehr viel. Als wir zur Hauptstraße kamen, bogen gerade drei Kleinbusse nach Göbekli Tepe ab. »Die Götter haben uns verschont«, sagt Maier, »der heilige Bauchnabel hat uns ganz allein gehört.« Sie fingert an ihrer Kamera, hofft, die Bilder seien etwas geworden. Wozu hat sie eigentlich Bilder gemacht? Ich erwache wieder vor dem Hotel, Treppe hoch und rein ins Bett. Seh noch, wie Maier mit Medikamenten und Wasserflasche auf mich zukommt, da tauche ich schon ab in die Unterwelt zu den stehenden Hammerhaien.

Die Muezzins wecken mich, Bet-Alarm, mein Bett steht falsch, schaut nicht gen Mekka. Das Fieber hat sich verzogen, in die Fingerkuppen und in die Ohrmuscheln. Zwischen WC-Deckel und -Schüssel ist ein Zettel eingeklemmt: »Bin draußen. Kaufe ein.« Was für ein Ort, um einen Zettel zu hinterlassen. Bravo, Maier, nicht zu übersehen. Ich wage Blick in den Spiegel. Geht. Kein Leichenlook. Unrasierter Jungmann mit Stoppelfrisur. Das Wasser kommt lauwarm aus der Dusche, riecht bisschen faulig, aber dafür duftet das Shampoo, das mir Maier geschenkt hat, als die Haare wieder zum Vorschein kamen. Ess alle Pillen, die ich heute hätte nehmen sollen. Setz mir die braune Mütze auf. Spiegel. Lächeln. Nicht übel.

Drinks gibt es hier nicht, aber Tee ist auch okay, Sidar bringt mir das Glas hinaus zum Sofa im Hof. Zwei Mädchen sitzen auf dem Brunnenrand, reden, rufen den kleineren Kindern etwas zu, die eine Turmstadt aus leeren Blumentöpfen bauen. Was sie rufen, klingt nicht türkisch, also werden sie wohl zu den Flüchtlingen gehören. Hübsche, dünne Mädchen, weiß nicht, wie alt, sind vorne noch flach. Ein Junge mit Stock schlägt auf die Blumentopfstadt ein, Geschrei. Die Töpfe sind in alle Richtungen geflogen, sind aus Plastik und darum noch ganz. Die Kinder fangen mit Bauen umgehend von vorne an. Der Junge schlägt jetzt mit dem Stock auf die Hausmauer ein. Die Monumente von Göbekli Tepe sind noch so schön, weil sie niemand zerschlagen hat. Man hat sie mit Erde zugedeckt, einigermaßen sorgsam. Der Kölner Dom ließe sich schlecht zudecken. Der steht in zwölftausend Jahren nicht mehr. Was für Giga-Mühen mit Giga-Bauten, nur damit da ein Platz ist für ein paar undurchsichtige Rituale. Mann, Mensch, könntest doch auch auf einer Wiese tanzen und da deine Dämonen bezirzen. »Mister Laval?«

Blicke von meinem Teeglas hoch.

Wer?

Ich?

Jeans, schwarze Jacke, schmale Schultern, schwarzes Haar, glänzt. Ein Gesicht. Was für ein Gesicht. Schöner geht nicht. »Mister Laval?«

Eine Frau, jung.

Springe endlich auf, leere den restlichen Tee über die Hose, war unhöflich, nicht sofort aufzustehen, warum kennt das schöne Wesen meinen Namen und was will es von mir und warum fällt mir jetzt nichts anderes ein als »Yes?«

»I am Aydan.«

Sie setzt sich, ich setz mich auch, so fällt die nasse Hose weniger auf, sie nestelt etwas aus ihrer Umhängetasche. Aydan – heißt nicht das türkische Joghurtgetränk so?

»Your camera.«

Maiers Kamera. Sie hat sie im Taxi liegen lassen, und Aydan ist die Tochter des Taxifahrers, dem wir zwanzig Euro extra gegeben haben, weil er länger als abgemacht gewartet hat, als wir unter dem Maulbeerbaum saßen, und wohl weil er mit uns zufrieden ist, hat er beschlossen, die liegen gebliebene Kamera korrekt zu entsorgen und hat sie in die schönen, schmalen, leicht gebräunten Hände seiner Tochter gelegt, damit sie im Hotel Göl nach einer alten Frau und einem jungen Mann Ausschau halte, von denen er nicht wusste, wie sie heißen, aber Sidar am Empfang hat der wundersamen Aydan sagen können, dass der junge Mann Laval heißt und draußen im Hof auf dem Sofa sitzt, und da zieht jetzt der junge Mann hastig seine Gedanken aus dem Hirn wie einen vielfach geknüpften langen Faden, während Aydan darauf wartet, dass ich Danke sage.

»Thank you!«

Aydan lacht und redet drauflos, sie sei froh, dass ich nicht Deutsch spreche, sondern Englisch, das habe sie nämlich in der Schule gelernt und hoffe, sie werde es irgendwo brauchen können, wenn sie jetzt dann weggehe, weil die Schule beendet sei, aber hier seien solche Jobs rar, darum hoffe sie im Ausland etwas zu finden und sammle nun Adressen von Leuten in Europa und den USA, die ihr helfen könnten, nicht mit Geld, nein, den Betrag für die Reise habe sie übrigens schon beisammen, sie brauche nur Kontakte, »verstehen Sie, Mister Laval?«

»Lazy!«

Das sei mein Vorname, sag ich und denke: Bitte, sag Lazy! Bitte, denk nicht, ich sei ein Volltrottel, weil ich nichts sag und nur dich reden lasse, schöne Ayran, ich kann nicht genug bekommen davon, dir beim Reden zuzuschauen, wie du vollkommen gezeichnete Brauen hebst und unter vollkommen geformter Nase vollkommen geschwungene Lippen bewegst, wie hat der Taxifahrer bloß so eine Tochter zustande gebracht und wie konnte er sie bloß taufen wie ein Joghurtgetränk.

»Ayran?«

Sie lacht. Nein, nicht Ayran, Aydan! Ay heiße Mond, ay dan bedeute vom Mond kommend. Ich weiß nicht, was ich lieber mag, wenn sie lacht oder nicht lacht. Mir ist schwindlig. So wie man auf einem schwankenden Boot den Horizont fixieren soll, so mache ich meinen Blick an ihrer Stirn fest, am Rund ihres Haaransatzes, so viel Haar fängt da an, eine geringelte, schimmernde, seidige Masse.

Der Junge mit dem Stock zerrt ein Kissen vom Sofa und beginnt, darauf einzuschlagen. Aydan hält den Stock fest und sagt dem Jungen einiges, es klingt schön, wenn sie so spricht, so schimpft, auf Mondisch. Dann wechselt sie zu Englisch, ich merke, dass sie Wörter sucht, nicht findet und sich zur Not mit anderen hilft. Der Junge, sagt sie, sei alleine hier, eine Familie habe ihn mitgenommen, seine Mutter – eine Türkin – und seine kleinen Brüder seien noch drüben.

Drüben, das ist dieses verstörte, zerstörte Land, eine knappe Stunde von hier. Suriye. Syrien. »Poor boy«, sagt sie und »shit«, und mir ist klar, dass sie's in ihrer Mondsprache viel feiner gesagt hätte.

Ich hab noch eine mürbe Vistenkarte in meinem Portemonnaie, hab mir sie in Oaxaca machen lassen, in einer kleinen Bude, wo es kein Ü gab, darum steht hier Zuerich. Die Adresse stimmt noch, auch der Name Lazar Laval, es gibt mich noch, nur die Telefonnummer muss ich streichen, hab den Anschluss gekündigt, als ich hinauf zu Maier zog, es rief mich ja ohnehin niemand mehr an.

Aydan freut sich, dankt. Sie habe keine Karte. Dafür gibt sie mir eins der Fotos, die sie für den Pass hat machen lassen. Sie schreibt »Aydan« auf die Rückseite und ein Datum: 12.11.2015. Das ist heute.

Leben ist, dass es »heute« und »morgen« gibt.

Maier taucht auf, etwas macht plopp!, das ist ihre Neugier. Schnell ist gesagt, was sie wissen möchte: »Das ist Aydan, Aydans Vater hat uns nach Göbekli Tepe gefahren und im Auto deine Kamera gefunden.« Maier bedankt sich eifrig, fängt an, in ihrer Tasche zu wühlen, und zieht einen 50-Euro-Schein heraus. Finderlohn.

Damit bricht sie den Zauber in Stücke. Bricht mich und Aydan entzwei.

Aydan schaut mich an.

Sie hat den Geldschein entgegengenommen, hat sich beim Danken vorgeneigt. Wie lange wir noch bleiben, will sie wissen, und als Maier sagt, bis morgen früh, ist es, als peitsche man kurz über ein paar Blumenknospen. Swisch, das war's dann. Ich schaue ihr nach, bis sie durchs Hoftor verschwunden ist, und auch noch, als ich sie längst nicht mehr sehe.

»Sie ist nett«, sagt Maier.

Sie packt auf dem Sofa ihre Einkäufe aus.

Aydan, Mondfrau. Schade, dass ich mir heute vom Maulbeerbaum nichts gewünscht hab.

Maier hat für Travel-Rolf ein Geschenk gekauft, vier blaue Kaffeetassen mit einer rosa Tulpe innen auf dem Tassenboden. »Schön, nicht?« Na ja. »Warum na ja?« Die Tulpe bringe nichts, sag ich wütend, bei voller Tasse sei sie gar nicht sichtbar. »Aber bei ausgetrunkener«, gibt Maier zurück. Aber dann sei die Tulpe braun verschmutzt, sag ich noch wütender. »Was hast du bloß?«, sagt Maier. Ich habe Heimweh nach Aydan, denk ich mal.

Bisschen Proviant für morgen und Tee für zu Hause hat Maier noch gekauft. Sonst keine Geschenke. Nur für Travel-Rolf. »Den brauchen wir allenfalls noch. Für die nächste Reise.«

Wir haben nicht viel geredet beim Abendessen im Hotel. Alle Tische waren besetzt mit Refugees, wir konnten so tun, als seien wir mit Beobachten beschäftigt. Maiers Bemerkung von der »nächsten Reise« hing über unserem Tisch wie eine Operationslampe

»Lazy«, sagte Maier, als sie hinter mir die Treppe hochstieg, »Leben ist, es in die Hand zu nehmen.« Worauf es mir leidtat, dass ich mich über sie und ihre blöden Tassen so geärgert hatte.

Bin schon fast ganz hinab in den Schlaf gestrudelt, da schleudert mich ein Welle von Übelkeit aus dem Bett, ich schaff es knapp ins Bad, und schon kommt alles heraus, was ich mir vorhin einverleibt habe, Reis, Bohnen, Linsensuppe und irgendein fettiges Gemüse. Die halbzerkauten Kerne vom Granatapfel. Und die sauren Brocken der Verzweiflung. Alles geschluckt beim wortlosen Abendessen mit Maier. Auch ein Börek noch, Mann, das stinkt. Wühle mich wieder ins zerwühlte Bett. Der Schlaf ist abgehauen. Hab erneut das Gefühl von losen Klumpen im Leib, und das Blut saust drum herum. Im Hotel wird es still. Einmal schreit jemand. Das wird eine lange Nacht. Ziehe mich an, schleiche an Maiers Zimmertür vorbei, taste mich durchs dunkle Treppenhaus hinab in den Hof. Das Sofa ist frei. Ich setz mich auf Aydans Platz. Denke an den Fuchs dort draußen in der mondlosen Nacht. Vielleicht patrouilliert ein Wächter, leuchtet ihn mal kurz an mit der Taschenlampe, den uralten jungen Fuchs im Sprung. Wirst auch nicht ewig leben. Nicht nochmals zwölftausend Jahre, jetzt, wo man dich ausgebuddelt hat.

Fast hätte ich aufgeschrien, die Katze ist mir auf den Schoß gesprungen und lässt sich nieder. Das tut wohl, das weiche Ding an meinem klumpigen Bauch. Ich leg den Kopf auf die Kante der Sofalehne und lass mich einnebeln von den sprühfeinen Nachtgeräuschen der Stadt.

»Es ist Jakobs Kamera«, sagt Maier auf der Fahrt zum Flughafen. »Sie war ziemlich teuer. Er hat sie für unsere Spanienreise gekauft. Er starb noch im selben Jahr.« Warum sie Fotos mache, frage ich. »Man kann derweil nichts anderes denken«, sagt Maier, »wahrscheinlich darum.« Sie sieht aus, als habe man sie gerade aus dem Wasser gezogen, bleich, nasses Haar. Sie habe sich nicht getraut, den Haarföhn zu benutzen. Er habe Funken gesprüht. Wir waren spät dran und sind ohne Frühstück abgereist. Sidar stand unter der Tür und winkte. »Sie hat dir gefallen, die junge Frau«, sagt Maier, »gib's zu.« »Welche Frau?« »Die Frau, die uns gestern die Kamera gebracht hat.« »Ach, die.«

Es ist ein anderes Taxi als gestern, nicht das von Aydans Vater. Ich male mir aus, Aydan sei bereits mit dem Bus zum Flughafen gefahren und warte dort, um sich mit einer Umarmung von mir zu verabschieden. Sie weiß, dass wir frühmorgens fliegen, Maier hat es gestern erwähnt. Ich male mir am liebsten etwas aus, das nur mit neunundneunzig Prozent Wahrscheinlichkeit eintreffen wird. Dann kann ich so richtig eins buttern. Ich werde in der Wartehalle sitzen, wenn Aydan mich findet, sie wird sich vorbeugen und mich küssen, und beim Kuss wird es dunkel werden, weil ihr schwarzes Haar sich wie ein Vorhang um unsere Gesichter legt, dann werde ich aufstehen und sie an mich drücken, und wir werden uns nochmals küssen. Wo ist Maier in der Szene?

Sie ist irgendwohin verschwunden, zum Beispiel Papiertaschentücher kaufen. Nur ihr Rucksack steht da. »Aydan«, sag ich, »ich habe eine ganze Wohnung für dich, wenn du kommst.«

Während des Flugs surrt und klopft mir der Kopf, als wär drin ein ganzes Cockpit, nicht abschaltbar, sonst stürzen wir ab. »Hast du ein Papiertaschentuch«, fragt Maier, »ich muss ein bisschen weinen.« Hat sie nicht welche gekauft? »Warum?« »Weil's schön war. Und vorbei ist.« Ob sie denn noch länger hätte bleiben wollen? »Nein, auf keinen Fall«, sagt Maier, »nichts wie weg hier.« Maiers Logik ist immer irgendwie munter. Ihre Sätze flattern ein bisschen herum und finden sich dann wie durch ein Wunder zu einer selbstverständlichen Aussage. »Dir geht es gut, nicht wahr?«, fragt sie. »Ja«, lüge ich. »Man sieht's«, lügt sie. Sie schaut aus dem Fenster, sagt, man sehe das Land, es liege da wie der Teppich in ihrem Hotelzimmer, dreckig, bucklig und verfranst. Sie werde nie wieder einen Fuß ins Hotel Göl setzen. »Aber es war schön.« »Heute ist Freitag, der Dreizehnte«, sag ich, »gewusst?« »Nein«, sagt Maier. Und dann reden wir ein bisschen übers Abstürzen. Maier nimmt an, dass sie schreien wird. Und dass die blauen Tassen für Travel-Rolf zerbrechen werden. Und sie möchte nicht, dass das ganze Leben noch mal an ihr vorbeizieht, das wäre ihr unangenehm. »Wir könnten einander festhalten«, sagt sie. »wär das o.k. für dich?«

Warten am Istanbuler Flughafen. Für den Abflug ist eine Stunde Verspätung angezeigt. Zeit, um noch einmal an Aydan zu denken. Ich setz mich aufrecht hin und stelle die Füße fest auf immer noch türkischen Boden. Sie ist bereits gestern spät von Şanliurfa nach Istanbul geflogen, hat die letzte Maschine erwischt. Sie will mich hier abfangen, bevor wir für immer verschwinden, sie will umarmt werden, heftig, so als würden wir uns nie mehr loslassen. Hat sie ein Zimmer genommen für die Nacht? Egal, das ist ein Seitengeleise, will nicht abzweigen, will bei der Vorstellung bleiben, wie sie jetzt die große Halle nach mir absucht. Dass ich einen grünen Rucksack habe, weiß sie nicht, aber sie kennt meine braune Mütze. Der verspätete Abflug schenkt ihr eine Stunde, sie freut sich. Sie wird mir von hinten ihre kühlen – oder besser warmen? – Hände auf die Augen legen. Rate, wer es ist. Ich halte ihre Hände auf meinen Augen fest. Ich lass dich nicht los, nie mehr. Aber dann tu ich's doch, wegen des Geschreis, Mann, was für ein Geschrei, dass ein Kind derart schreien kann, es erstickt fast. Es läuft an mir vorbei, sucht seine Leute, eine Hostess rennt hinterher, bekommt sein Händchen zu fassen, verliert es wieder, dann rennt es in eine Muslima im Tschador, die im Weg steht wie ein schwarzes Zelt, und jetzt eilt ein baumlanger Kerl herbei, der Vater wohl, hebt es hoch, schimpft, auch das noch. Ich steh auf und folge dem Mann, der das verstummte Kind ein ums andere Mal auf den Kopf haut. Als er sieht, dass ich es seh, hört er auf, aber ich bleib ihm auf den Fersen, bis er das Kind in die Arme ein paar freudig kreischender Familienfrauen rutschen lässt. Wegen meiner guten Tat habe ich nun Aydan verloren.

Der Flug wird noch einmal um eine Stunde verschoben.

Aydan kommt nicht mehr.

Ihr Bild in meinem Portemonnaie. Vielleicht sollte ich es jetzt in einen Papierkorb werfen.

12
Vita

Ein paar Meter nach dem Ausstieg aus dem Flugzeug kippte Lazy um. Er lag quer in der Gangway. Ein Flight-Attendant und Vita schoben ihn ein Stück zur Seite, damit die Passagiere nicht über ihn hinwegsteigen mussten. Die zogen ihre Rollköfferchen an seinem Kopf vorbei. Vita schüttelte ihn an der Schulter. Er rührte sich nicht. Weißes Gesicht, Augen zu, weg. Es war nicht besonders kalt in Zürich an diesem dreizehnten November. Dreizehn Grad, hatte der Pilot gesagt. Aber Vita schlotterte, die Angst war eisig. Die Sanitäter ließen nicht lange auf sich warten, hoben Lazy auf die Trage und gingen los, Vita eilte hinterher, zog mit jeder Hand einen Rollkoffer. »Uns ist nichts aufgefallen während des Flugs«, hatte der Flight-Attendant gesagt.

Ob sie eine Verwandte sei, fragten die Sanitäter. Nein? Dann könne sie nicht mitfahren ins Spital, das gehe nicht, und dann noch mit zwei Koffern. »Nehmen Sie ein Taxi und melden Sie sich in der Notaufnahme.« »Aber ich weiß doch, was ihm fehlt.« Jetzt schluchzte sie, brachte dann aber alles so deutlich heraus, dass es die Sanitäter verstanden. Leukämie, Chemo, Hepatitis und gerade eben Fieber in der Türkei.

»Hoppla«, sagte der eine Sanitäter. Da musste Vita wieder schluchzen. Lazy war immer noch weit weg.

Als Vita in der Notfallstation Lazys Papiere ausfüllt, hat sie wieder ganz ruhige Hände. Sie wundert sich, dass sie so hat schluchzen müssen. Schon lange hat sie nicht mehr richtig geweint. Der Patient sei wieder bei Bewusstsein, sagt die Notärztin. Aber Vita darf nicht zu ihm. Er werde jetzt erst mal richtig untersucht. »Sind Sie die Großmutter?«

Schlummermutter zählt nicht, denkt Vita. Soll sie sagen, warum sie den jungen Mann begleitet? Dass er vor zwei Monaten angefangen hat, bei ihr zu frühstücken? Dass sie ihn erst nicht gemocht hat und jetzt sehr? Dass sie mitgeht, wenn er für immer gehen will? Dass sie zusammen einschlummern werden? Dass er froh schien, als sie ihm das sagte?

Ja, er war froh, denkt Vita. So glaube ich wenigstens. Er sagt ja oft einfach nichts.

Zu Hause packt sie die Koffer aus, erst ihren, dann Lazys, schiebt sein vom Fieber verschwitztes Zeug in die Maschine, legt den Rest ungeordnet auf sein Bett. Es soll wirken, als habe sie nicht genau hingeschaut. Was er in sein Notizbuch schreibt oder in seine Achselhöhlen sprayt, geht sie nichts an. Als sie sich endlich hinsetzt, merkt sie, wie müde sie ist, wie zerschlagen, von Kopf bis Fuß mit einem Knüppel traktiert. Die Reise war zu viel für sie, erst recht mit diesem Schluss. Sie stellt den Fernseher an und sieht fassungslos die Bilder des Terrors aus Paris an. 130 Tote. 350 Verletzte. Freitag, der Dreizehnte. Dieselben kranken Fanatiker haben zugeschlagen wie drüben in Syrien. Vita sieht wieder den Speisesaal im Hotel Göl vor sich, die vor dem Terror Geflüchteten, die alles zurückgelassen haben außer ihr Leben. Sie, Vita Maier, hat nichts mehr dagegen, auch dieses zurückzulassen.

Vorerst geht alles weiter, Ding um Ding rutscht der Tag über die Zeitschnur, das Aufstehding, das Duschding, das Anziehding, das Kaffeeding, das Ich-müsste-mal-den-Ablauf-reinigen-Ding, das Ich-hätte-mein-Handy-aufladen-sollen-Ding. Vita macht eine Einkaufsliste, Milch, Brot und all das Übliche. Was kann sie Lazy mitbringen, wenn sie ihn besucht? Sie erinnert sich an die Lazy-Geschichten, die sie sich im Sommer ausgedacht hat, wie sie ihn im Spital besuchte und sechs perfekte Aprikosen auf seinem Nachttisch arrangierte. Aprikosen gibt es jetzt nicht, dafür gibt es Lazy, den richtigen Lazy im realen Spital. Am Mittag wird sie anrufen.

An der Haustür begegnet sie Travel-Rolf, er hat eine neue Frisur, entzaust mit scharfem Scheitel. »Ach, Vita!« Sie weiß niemanden, der so herzlich klingen kann. Gut, hat sie die blauen Tassen gekauft. Sie wird sie ihm noch heute vorbeibringen. Das Achtung-drei-Stufen-Ding, das Rechts-abbiegen-Ding, das Wirbelndes-Herbstlaub-Ding, das Guten-Morgen-Frau-Gress-Ding.

Leider regnet es nicht, Frau Gress bleibt redebereit stehen, und als sie »Türkei« hört, stellt sie die beiden Einkaufstaschen ab. »Ach, Türkei.« Viermal ist sie dort gewesen, immer mit Theodor. In Adana gibt es das beste Kebap. In Konya gibt es den besten Teppichhändler. Und auf den Prinzeninseln gibt es den besten Sex. »Das Wasser ist da so weich, in der Dusche, verstehen Sie.« Vita versteht nicht. Sie möchte weitergehen, zum Ein-bisschen-was-einkaufen-Ding, zum Ein-bisschen-was-tun-Ding. Frau Gress hebt ihre Taschen hoch, aber stellt sie gleich wieder hin. »Ach, die Türkei«, sagt sie, »wenn Sie wüssten.« »Sie haben da etwas im Mundwinkel«, sagt Vita und schaut zu, wie Frau Gress eine dunkelrote Zunge herausfährt und sich den falschen Mundwinkel nässt. Vita macht das Na-dann-plus-Lächeln-Ding und geht.

Ihr fades Leben. Es schmeckt nach gar nichts mehr.

Sie hat nichts mitzubringen außer dem kleinen rötlichen Stein. Sie hat nicht angerufen, hatte nicht den Mut dazu. Sie hat Taschentücher eingepackt, glaubt aber nicht, dass sie wieder weinen wird. Vielleicht hängt Lazy an Schläuchen, und es piepst. Vielleicht sitzt er aufrecht im Spitalbett und lacht. Alo, Maier.

Weder noch. Er liegt und schläft. Hat die braune Mütze auf, verrutscht. Vita musste die Hände desinfizieren. Eine halbe Stunde darf sie bleiben. Herr Laval braucht Ruhe.

»Hey!«, flüstert Vita. »Herr Laval!« Lazy macht einen kleinen Schnarcher. »Bitte wachen Sie schnell ein bisschen auf!« Gehorsam öffnet Lazy die Augen. »Maier«, sagt er. »Ja«, sagt Vita, »stimmt genau.« Sie bleibe nur eine halbe

Stunde hier, sagt sie. Er bleibe auch nicht viel länger hier, sagt Lazy, er komme nach Hause.

Nach Hause, hat er gesagt. Wir haben noch etwas vor, hat er gesagt. Vita hat ihm den kleinen Stein in die Faust geschoben. Gestohlen in Göbekli Tepe. Gruß vom Fuchs. Und mach's gut.

Was kann er denn schon gut machen, mit diesem Sack voller Krankheiten. Lazy hat alles aufgezählt. Leukämie, Hepatitis, dann eine Lungenentzündung, verschleppt, deswegen eine Herzmuskelentzündung. Und deswegen die Ohnmacht. Und nun wissen sie nicht recht weiter, die Weißen. Also kommt er nach Hause. »Danke, Maier«, hat er gesagt und die Faust mit dem Stein kurz aufgemacht.

Leben ist, wenn man Sterben das Letzte findet. Sie schreibt den Satz auf die Papierserviette, weiß nicht, ob Lazy ihn hören möchte. Nach dem Besuch im Spital hat sie eigentlich einen herbstlichen Spaziergang machen wollen, aber dann stand ihr plötzlich ein grober Heißhunger im Weg und schob sie in ein Lokal, in dem sie noch nie gewesen ist, und da sitzt sie nun, um fünf Uhr nachmittags, als einziger Gast und bestellt das Tagesmenü. Kartoffelsuppe, Rehschnitzel mit Nudeln und Preiselbeerschaum. »Wildwoche« steht auf der Speisekarte. Eine Wildwoche habe ich schon hinter mir, denkt Vita, eine Sanftwoche wär schön. »Schmeckt's nicht?«, sagt der Kellner, da merkt sie, dass sie vom Schnitzel nur einen Bissen genommen und dann vergessen hat weiterzuessen. »Ist ganz frisch, das Reh, eben noch durch den Wald gerannt.« Wie schrecklich, denkt sie, wäre ich doch gleich nach Haus gegangen, statt hier etwas Totes zu essen. Wenigstens habe ich einen Satz für Lazy.

Morgen werde ich ihn holen. Werde ich ihm helfen, sich davonzuschleichen.

Gestern hat sie eins von Jakobs Büchern mit ins Bett genommen. Es heißt Zitatenschatz. Neben eins der Zitate hat Jakob zwei Fragezeichen gemacht: *Gemeinsam stirbt es sich leichter.* Tolstoi.

Tolstoi-toi-toi.

Wie dünn er ist, ein schlackeriger Hampelmann, nur der Bauch ist dick wie auf den Kinderbildern von Hungerhelp. Lazy hat die Trainingshose unterhalb des Bauchs zugebunden. Etwas in dieser Trommel schmerzt, Lazy weiß nicht was. Er liegt mit angezogenen Knien im Bett, in der neuen dunkelgrünen Bettwäsche, die Vita gestern gekauft, gewaschen, getrocknet hat. Dreimal war sie im Spital, um Lazy heimzuholen, aber das klappte nicht, er war nicht im Zimmer, sondern bei irgendwelchen Abklärungen. »Nein, Herr Laval kann heute keinen Besuch empfangen.« Und während Herr Laval Hof hielt vor seinem weißen Personal, kaufte Vita die Laken, eine Leselampe, ein Serviertablett fürs Lazys Bett. Am nächsten Morgen stand Lazy vor der Wohnungstür, am Arm des freundlichen Taxifahrers, der sagte: »Gute Besserheit.«

Lazy streifte die Schuhe ab, hob die grüne Decke an, sagte »Spinatbett« und drehte sich ab, um zu schlafen.

Vita späht alle zehn Minuten ins Zimmer, kocht jede Stunde frischen Tee, sucht im Fernsehprogramm, was Lazy interessieren könnte, klemmt ein Taschentuch in die Türklingel, damit sie weniger laut ist, aber wer sollte denn schon klingeln, seit langem kommt niemand mehr zu Frau Vita Maier.

Um fünf Uhr nachmittags taucht Lazy aufs Mal in der Küche auf. »Na«, sagt er, »da wären wir wieder.« Er spricht anders als sonst. Sein Mund sei wund, sagt er, irgendein fieser Pilz. Vita kocht Haferschleimsuppe und verbietet sich, Lazy auszufragen, weil ihn das Sprechen schmerzt. Sie hätte gern sofort gewusst, was die Weißen im Spital meinten, hat so lange darauf gewartet. Jetzt wird sie halt noch weiter warten, Lazy soll erst mal seine Ruhe haben.

Beim Morgenkaffee sieht Vita auf dem Küchenkalender, dass sie heute Geburtstag hat: 20. November. Mein letzter, denkt sie, den müsste ich feiern. Die obligate Karte von Moritz ist noch nicht da. Vielleicht kommt sie morgen. Lazy sitzt im Bett, das Notebook auf dem Serviertablett. »Gibt's was Neues?«, fragt Vita. »Immer«, sagt Lazy. »Westerwelle. Leukämie. Der hofft noch.« Wer ist schon wieder Westerwelle, ein Filmschauspieler? Vita kennt den Mann nicht. Sie wundert sich, mit welcher Gier sich Lazy auf die News stürzt. Er hat zigfach alles über die Attentate in Paris gelesen. »Ich möchte mich nicht in die Luft sprengen. Ist unappetitlich.« Daran, wie er unappetitlich sagt, merkt Vita, dass Lazys Mundhöhle immer noch schmerzt. Der Sirup, den er einnimmt, scheint nicht zu helfen. Das Essen, das sich Vita umständlich ausdenkt, lässt er größtenteils stehen. Sie friert Apfelsaft zu kleinen Würfelchen ein, aber auch die scheinen zu brennen.

Sie spürt sein Warten darauf, dass sie endlich das große Gespräch einleitet. Es lagert unter der Zimmerdecke wie eine angehaltene Wolkenfront.

Vita versucht, sich an ihre Geburtstage zu erinnern, aber nur einer taucht auf: der vierzehnte. Da hat sie zum ersten Mal das Meer gesehen. 1957 war das. Vitas Vater hat sich damals ein Auto gekauft, und damit wurde eine Blitzreise nach Italien gemacht. Vita erbrach sich dauernd auf dem Rücksitz, weil Vater so ruppig fuhr, er raste, bremste, stoppte, so dass man nach vorne flog Er konnte es noch nicht besser. Aber immerhin, sie fanden den Ort und die Pension, Vita weiß nicht mehr, wie sie hießen. Aber den Moment vergisst sie nicht, als sie allein am Strand stand, die Füße in schwarzem Sand und überspült vom Wasser, und auf die blaugraue Fläche hinaussah, die nicht aufhörte, die einfach in blaugrauen Himmel überging. Eine Sekunde lang stand sie in der Ewigkeit. Dann spürte sie die Bewegung unter den Fußsohlen, sie blickte an sich hinunter, über die in der Bluse sich abzeichnenden Brusthäufchen und den flachen Bauch zu den bleichen, dünnen Beinen und den tiefer sinkenden Füßen. Ich bin das, dachte sie, und das da draußen kommt auf mich zu. Hätte sie ein Wort verwenden müssen für das, was sie empfand, dann wäre es vielleicht »Freude« gewesen.

Vater und Mutter saßen derweil im Strandcafé und stritten sich.

Blick auf Lazy, er schläft. Das Telefon klingelt, Vita rennt, um Lazys Schlaf zu retten. Eine Frauenstimme, englisch, fragt nach Missis Maier, Störgeräusche. Außer »Turkey« und »Phone Number« versteht Vita kaum etwas. »Daisy« vielleicht? »No Daisy here«, sagt sie. »Here Vita. Vita Maier, understand?« Sie legt auf. Gibt es jemanden in der Türkei, der ihre Nummer kennt? Vielleicht die Airline oder ein Hotel? Egal. Sie will ohnehin nie mehr in die Türkei. Sie will hier sein und frischen Kartoffelbrei kochen, ohne Muskat, bisschen Butter.

Zwei Tage lang hält sich Vita mit Fragen zurück, sieht zu, wie Lazy sich im Bett embryonisch zusammenfaltet und leise stöhnt, wie er sich übern Bettrand beugt, während er die Spucke, die er nicht schlucken mag, in ein Glas entlässt, wie er – die braune Mütze über die Augen gezogen – sich schlafend gibt oder schläft, wie er sich unter Zeitungsseiten begräbt, weil er zu müde ist, sie zu ordnen. »So«, sagt Vita endlich und zieht einen Stuhl ans Bett, »jetzt sag mal, was du weißt.«

»Dass Schluss ist, weiß ich.«

Vita erwidert nichts. Sie nimmt an, dass Lazy weiterredet.

»Die Weißen sind hilflos, das merk ich. Ich bin zu krank.«

Erst habe es geheißen, KMT trotz Hepa, aber jetzt sei auch sein Karnowski nicht befriedigend wegen Pneumo und Myokarditis. Und er habe wieder zu viele Blasten.

»Sie wollen was Neues versuchen. Verstehst du, Maier – nicht machen, sondern versuchen!«

Vita hat nicht auf Anhieb verstanden, was medizinisch mit Lazy los ist. Nur etwas hat sie genau herausgehört: Verzweiflung. Abgekürzt vielleicht VZWG.

Lazy kann und will nicht mehr.

»Verstehst du, Maier?«

»Ja«, sagt Vita.

»Und?«

»Ich glaube, es ist Zeit, dass wir die Reise planen«, sagt Vita.

Lazy nickt.

Also doch. Eine Karte von Moritz im Briefkasten! Er hat ihren Geburtstag nicht vergessen. »Alles Gute! Bleib gesund!« Gerade überschwänglich klingt das nicht. Aber Vita tröstet sich damit, dass Goethe seine Mutter in dreiunddreißig Jahren nur vier Mal besucht haben soll. Und von Weimar nach Frankfurt war es doch deutlich weniger weit als von Australien in die Torstraße. Auch in Lazys Briefkasten liegt etwas, ein Brief, der nach Ausland ausschaut, auf den Marken sind weiße Ziegen. Wahrscheinlich aus Mexiko, wahrscheinlich von diesem Kollegen, der mal hier gewohnt hat. Und ein Umschlag mit Absender »Universität Zürich«, wahrscheinlich irgendeine Mahnung. Ich zeige ihm das besser nicht, denkt Vita.

»Was möchtest du essen?«

»Sauerkraut mit Speck.«

»Im Ernst?«

»Nein, im Teig.«
»Das tut dir aber schlecht.«
»Mir ist schon schlecht.«

»Möchtet du mal an die frische Luft?«
»Ich glaube nicht, dass ich das darf.«
»Das schadet dir nicht.«
»Mir nicht.«
»Wem dann?«
»Der Luft. Ich werd sie verpesten.«

»Lazy, magst du Tee?«
»Nein danke.«
»Magst du Saft?«
»Nein danke.«
»Gibt es nichts, was du magst?«
»Nein. Doch, dich.«

So sind ihre Gespräche.
Manchmal lachen sie.
Einmal zieht Vita die Küchentür hinter sich zu und weint.
Der November schleicht sich vorbei, auf allen vieren.

Am eiskalten sonnigen Morgen des fünfzehnten Dezember sind sie mit der Planung fertig, beide erschöpft und erleichtert. Sie haben immer wieder neue To-do-Listen erstellt, haben Papiere verfasst und aufgeräumt. In Lazys Wohnung unten gab es wenig zu tun. Vita hat seine Kleider in

Caritas-Säcke gefüllt und ein paar Lebensmittel entsorgt. Lazy hat weggeworfen, was in seinem Schreibtisch war, er hat die Bilder und Plakate von den Wänden entfernt und sämtliche Stecker herausgezogen. Alles, was er mit nach oben genommen hat, war Ausis Hundeleine. Mit der Leine hat er danach zwei Tage im Bett gelegen.

Vita hat sich Umzugskartons besorgt und legt hinein, was Moritz übernehmen soll. Den Rest vermacht sie schriftlich dem Brockenhaus zum Guten Hirten. Sie leert die Küchen- und Badezimmerregale. Die vielen vollen Müllsäcke bringt sie nachts nach unten.

Lazy: »Leben ist eine Schneeflocke, anders als alle anderen.«

Tagsüber ist er immer mal wieder im Bett. Und Vita steht immer mal wieder in der Tür und wirft eine Frage ins Zimmer.

»Wie geht's?«

»Gut.«

»Warum?«

»Ich freu mich aufs Sterben.«

»Warum?«

»Wenn ich mich nicht darauf freue, sterbe ich auch.«

»Wie geht's?«

»Ich fühl mich komisch.«

»Warum lachst du dann nicht?«

»Kannst du das für mich machen, bitte?«

»Warum?«

»Mir tut der Bauch schon ohne Lachen weh.«

»Wie geht's?«

»Gut, ich habe eine Idee für ein neues Magazin.«

»Nämlich?«

»Schöner Sterben.«

»Ob das jemand kauft?«

»Kaufen schon, aber abonnieren nicht.«

Oft winkt Lazy einfach mit einer minimalen Handbewegung ab, wenn Vita sich erkundigt. Bleibt liegen mit dem Gesicht zur Wand, dreht sich nicht zu ihr um. Antwortet nicht oder dann nur mit dem kurzen Brummton, den er sich angeeignet hat, um nichts formulieren zu müssen. Seltsam, dass er immer sein Portemonnaie in Reichweite haben will. Hat er Angst, es werde ihm gestohlen?

Wenn ihm Vita ein Häppchen auf den Nachttisch stellt, sagt er: »Nimm's bitte weg.« Es rieche nach Käse. Oder nach Butter. Oder nach Teig. Er mag kaum mehr etwas essen. Bestimmt ist er brandmager, denkt Vita. Aber das kann sie nicht überprüfen. Lazy kommt immer angezogen aus dem Badezimmer. Und schenkt ihr, wenn's geht, im Vorbeigehen einen müdnetten Blick.

Dann wieder gibt es Stunden, da ist er völlig aufgedreht. »Maier, schau«, sagt er und zeigt Vita, was er für seine Ärztin aufgesetzt hat: »Ich werde den behandelnden Arzt in Deutschland bitten, meine Unterlagen direkt bei Ihnen anzufordern. Noch eine Kleinigkeit: Sollte im Schrank meines Spitalzimmers ein alter Wunsch gefunden worden sein – grün, zäh und seitlich etwas abgewetzt –, dann veranlassen Sie doch bitte, dass er an meine neue Adresse nachgeschickt wird: Lazar Laval, Sackgasse 6, Düsseldorf.«

»Soll das lustig sein?«, fragt Vita. »Die Postleitzahl fehlt.«

Lazy hat auch einen Brief entworfen für Travel-Rolf, obwohl abgemacht ist, dass Vita es übernehmen wird, Rolf von der geplanten Abreise brieflich in Kenntnis zu setzen. »Sehr geehrter Herr Rolf von Sehnsuchtreisen, mit dem durch Sie arrangierten Türkei-Trip waren wir durchaus zufrieden und bestätigen Ihnen hiermit die Daten unserer kommenden Reise: zweimal Jenseits einfach und nonstop, Abflug gestern. Bitte informieren Sie die Polizei, damit sie kontrolliert, ob wir gut gereist sind. Besten Dank im Nachhinein.«

»So geht das nicht«, sagt Vita. »Rolf braucht etwas Netteres. Lass mich nur machen.« Fast hörbar rauscht Lazys Übermut davon.

Lazy setzt die braune Mütze auf und legt sich still ins Bett.

Ernste Gespräche gibt es nicht.

Sie haben sich alles Wichtige gesagt, damals beim Fuchs, unterm Maulbeerbaum.

Es ist wie immer ruhig im Haus an der Torstraße. Travel-Rolfs Kunden hört man kaum, das Ehepaar Grüter verbringt nun, da er pensioniert ist, den Winter an der Costa Brava, in Lazys Wohnung summt nicht mal mehr der Kühlschrank, nur aus der Wohnung des Schwerhörigen hört man ab und zu jemanden brüllen –, die Hilfskraft, die jetzt seine Frau ist. Vita holt die Zeitung frühmorgens, damit sie Travel-Rolf nicht begegnet, sie möchte nicht mit ihm reden, denn er ist so etwas wie ein Freund, und wenn sie einem Freund nicht sagt, was sie vorhat, ist das so etwas wie eine Lüge. Weil es im Treppenhaus totenstill ist, setzt sie ihre Füße ganz geräuschlos auf. Es fällt ihr leicht. Laut war sie nie.

Wenn jetzt das Telefon klingelt, erschrickt sie beinahe. Wieder ist diese englische Frau dran, diesmal ist sie deutlich zu verstehen. »Is Lazy here?« Yes, he is here. »Can I talk to Lazy please?« Yes, you can. Wenn es denn sein muss, denkt Vita und bringt Lazy den Hörer ans Bett. »Für dich.« So muss er wohl ausgesehen haben, wenn er in der Schule einen Dreisatz nicht verstand. Vita schließt die Tür hinter sich zu.

Nach einer Weile hört sie, dass Lazy in der Küche hantiert. »Ich habe Lust, was zu trinken«, sagt er, den Kopf im Kühlschrank. »Hatten wir nicht mal Weißwein?« Das ist lange her. Aber Vita hat im Flugzeug die kleine Rotweinflasche eingesteckt, die macht sie eilig auf. »Worauf trinken wir denn?« »Das war Aydan am Telefon.« »Wer ist Aydan?« »Die Tochter des Taxifahrers.« »Ach, Aydan. Und die ruft dich aus Şanliurfa an?« »Nein, aus Deutschland.« Sie sei in Konstanz, wohne bei Verwandten, suche Arbeit. »Vielleicht will sie dich besuchen«, sagt Vita. Lazy schüttelt den Kopf. »Ich hab ihr gesagt, ich sei krank.« Seine Mundwinkel sind mit Rotwein verschmiert. Eigentlich sähe das lustig aus. »Du kannst sie ja auch mal anrufen«, sagt Vita. »Nein«, sagt Lazy.

»Kann ich nicht. Ich habe vergessen, nach ihrer Nummer zu fragen. Ich weiß nicht mal, wie sie mit Nachnamen heißt.« Lazy schlurft zurück in sein Zimmer. Vita hört noch, dass er ein jaulendes kleines Geräusch von sich gibt.

Die Schachteln für Moritz hat sie schon zweimal wieder aus- und eingeräumt, hat allerlei daraus entsorgt oder in die Säcke fürs Brockenhaus gelegt. Was braucht Moritz einen Kaschmirschal, dort unten, wo's warm ist. Was tut er mit Jakobs Brieftasche, Brieftaschen hat heute niemand mehr. Was soll er mit Briefen von Vitas Vater an Vita, Briefen aus dem Gefängnis, wo er ein halbes Jahr saß, wegen Unterschlagung. Moritz braucht das gar nicht zu wissen.

Den Abschiedsbrief an Moritz hat sie geschrieben, aber den Umschlag noch nicht zugeklebt. Es ist ein langer Brief geworden, sie hat erst geschildert, warum Lazy bei ihr eingezogen ist, dann hat sie erklärt, was sie zusammen vorhaben, und dann hat sie es begründet: Ich habe genug vom Leben, und das Leben hat genug von Lazy.

Bei den Abschiedsworten hat sie geweint, hat aber aufgepasst, dass das Papier nicht nass wurde. Jetzt braucht sie nur noch ein kurzes Testament aufzusetzen, was einfach ist, denn alles geht an Moritz, die Habe, das Geld, die Wohnung. Und dann wird sie sich den Brief an Travel-Rolf vornehmen, davor hat sie Angst. Viel Zeit bleibt nicht mehr, wenn sie noch vor Weihnachten verreisen wollen. Am Tag vor der Abreise muss der Brief samt Wohnungsschlüssel zur Post, so frankiert, dass er am übernächsten Tag bei Rolf im Kasten ist.

Vita stellt sich in der Früh ans Küchenfenster und blickt hinunter auf die Wiese. Die ist vom Morgenfrost weiß wie dünnes Papier, und die dunklen Zweige der umstehenden Büsche beschriften es mit einer wilden Kalligrafie. Im April wird es wieder blühen da unten, der Weißdorn, die Wildkirsche, und Kinder werden sich einfinden wie jedes Jahr, wie jedes Jahr, wie jedes Jahr. Stets holt die Wiederholung wieder heraus, was sie versenkt hat. Vita ist das Warten aufs Unerwartete leid, denn das Warten hat nie gebracht, was es versprochen hat. Vor zweiundvierzig Jahren, als es da unten auf der Wiese noch zwei Schafe gab und einen Holunderbaum, stand sie wie jetzt an diesem Fenster, frühmorgens, als Jakob noch schlief und Moritz nach Gebrüll endlich eingeschlafen war. Sie drückte die Stirn ans kühle Fensterglas und glaubte, sie sei etwas Besonderes.

13
Lazy

Maier will wissen, ob ich Verwandte habe. Sie hat mich schon mehr als einmal gefragt und glaubt mir nicht, wenn ich Nein sag. Nein, keine Onkels, keine Tantens. Bin ein einsam Waisenkind. Wer mich beerbe, mein Bargeld und meine Wohnung, will Maier wissen, ich müsse das aufschreiben. Mir egal. »Dann nimmt's der Staat«, sagt Maier.

Also liege ich nachts wach und denke mir aus, wen ich beglücken könnte mit meinen zirka 600 Mille für die Wohnung und 250 Mille bar. Aydan. Wenn ich ihren Nachnamen wüsste. Den Papst. Unter der Bedingung, dass er dafür Kondome kauft und verteilen lässt. Das Leberzentrum. Die könnten für 17 Hepatitis-C-Patienten das 50 000-fränkige Medikament kaufen. Einen Auftragskiller. Damit er sechs von mir ausgewählte Despoten umbringt. Den WWF. Für den weltweiten Schutz der Füchse. Oder die Gilde der Bildhauer. Damit sie ein Monument errichten für Maier, *the best travel guide ever.* Maier würd's verdienen. Ohne Maier würde ich beim Sterben sterben vor Angst.

»Wie geht's«, sagt Maier. Sie fragt es nicht, sie sagt es nur noch. »Mir geht's gut«, sag ich, »ich hatte heute Nacht eine

Idee.« Ich will mich aus dem Bett schwingen, um das Telefonbuch zu holen, aber ein Schmerz reißt mir die Brust und den Magen auf, so als öffne man mich mit einem Brotmesser, und dann ist mir würgübel, bodenlos schlecht, ich möchte das Bewusstsein verlieren, aber verliere nur den Verstand. Maiers Gesicht ist über mir wie eine blasse Crêpe, runzlig am Rand.

»Soll ich nicht doch einen Arzt holen?«, sagt Maier.

Ich will sie anschreien, und tatsächlich kommt ein Schrei heraus. Er klingt wie der Schrei von jemand anderem.

»Maier, jetzt schau zu.« Wir sitzen am Küchentisch, ich in einem frischen Pyjama, Maier mit einer Kochschürze. Sie wolle einfach noch einmal wissen, wie es sich das anfühle, mit Kochschürze. Ich schließe die Augen, schlage das Telefonbuch auf, taste nach der Nadel. Dreimal aufschlagen, dreimal stechen, dann eine Wahl treffen. So habe ich mir das vorgenommen. Beim ersten Mal sticht meine Nadel die *Nordostschweizerische Brandschutzversicherung.* Die will ich mit Sicherheit nicht. Maier schaut mich fassungslos an. »Was tust du?« Buch zuschlagen, Buch aufschlagen, stechen. *Hansjakob Freuchiger-Gubser, Gipser.* Warum nicht. »Maier, kannst du das bitte aufschreiben? Hansjakob Freuchiger-Gubser, Gipser. »Wozu brauchst du einen Gubser, ich meine einen Gipser?«, fragt Maier. »Bitte schreib's einfach auf, Maier.« Buch zuschlagen, Buch aufschlagen, stechen. *Adrienne Woodtli.* Die nehm ich. »Maier, die nehm ich. Bitte schreib auf: Adrienne Woodtli.« »Du nimmst die? Bist du okay? Wozu nimmst du die? Ist sie Gipserin?« »Nein, sie ist meine Erbin. Badenerstraße 901. Wer an der Badenerstraße wohnt, ist ziemlich sicher nicht reich.«

Maier findet, ich sei übergeschnappt. Warum ich mir nicht irgendein nettes kleines Hilfswerk aussuche. Ich solle doch etwas Gutes tun irgendwo auf der Welt. Tu ich ja, Maier, in der Badenerstraße 901. Ich müsse zumindest ein paar Erkundigungen einziehen. Mach ich nicht. Oder wenigstens das Haus an der Badenerstraße mal von außen anschauen. Mach ich nicht. Vielleicht sei diese Adrienne eine Kriminelle. Oder ein psychopathisches Ekel. Oder schon neunzig Jahre alt. Das Telefonbuch sei nicht mehr das neuste.

»Wie geht's«, sagt Maier.

»Maier, das hast du schon mal gesagt.«

»Vielleicht schlägt jetzt Alzheimer zu.«

»Ja, das Leben ist gefährlich.«

»Keiner kommt lebend raus.«

Nach Türkei und Spital hat mir Maier die »Munition« gezeigt, die sie mit Jakob in Spanien gekauft hat. Zwei blaue, zwei grüne Medikamentenschachteln. Im nächsten März werden sie abgelaufen sein. Erst von den grünen, dann von den blauen, dann fertig. Maier ist sicher, dass es klappt, eine Anleitung des ganzen Vorgangs in Jakobs Handschrift liegt bei, Jakob hat sich genau erkundigt, sein Freund war Apotheker. Nicht mit Milch einnehmen, Maier hat vergessen warum. Nur mit Wasser.

»Wir dürfen das«, sagt Maier, »weil niemand um uns weint.«

Milch hab ich nie gemocht. In Hannover gab es in der ersten oder zweiten Klasse Pausenmilch, weiß oder Schoko. Ich hab sie gleich beim ersten Mal in die WC-Schüssel gekotzt. Vater muss dann wohl dafür gesorgt haben, dass man mich mit der Milch in Ruhe ließ. Kann mich aber nicht erinnern, ihn in der Schule gesehen zu haben. Er konnte nie kommen, an Elternabenden und so Zeug, nie, und ich glaubte ihm das. Ich hab nicht gemerkt, dass das, was er sagte, Ausreden waren. Nur ins Internat kam er, zweimal, am ersten Tag und am Tag, bevor er nach San Diego flog, zu seiner Lady, wie er sagte. Vielleicht wäre ich auch so, wenn ich Kinder hätte. Weiß nicht, wie man das macht, mit Kindern. Eigentlich hat er es ganz gut gemacht, der alte Laval. Hat mich in Ruh gelassen. Ein paarmal getobt, wenn ich in der Schule schlecht war. Aber sonst. »Der sah gut aus«, hat Maier gesagt, die ihn vom Treppenhaus kannte, »kannst froh sein, dass du ihm gleichst.« Ich habe ihr das Foto von meiner Mutter nicht gezeigt. Ich habe es niemandem gezeigt. Wer schneidet sich schon die Brust auf und zeigt jemandem sein Herz.

»LEBEN rückwärts ist NEBEL«, hat Maier gesagt.

An etwas erinnere ich mich ganz klar: an Vaters Brief an die Internatsleitung, abgeschickt in San Diego, adressiert an Herrn Rektor Grünemeier, Betreff Lazar Laval.

»Sehr geehrter Herr Grünemeier. Mein Sohn stiehlt nicht. Mit vorzüglicher Hochachtung«

Damals hatte man mich beschuldigt, in der Mensa Geld gestohlen zu haben. Das leere Geldmäppchen aus blauem Jeansstoff war von den Putzleuten unter meinem Bett gefunden worden. Grünemeier hatte meinem Vater geschrieben, ich müsse mit einem Schulverweis rechnen. Es dauerte fünf Wochen, bis der Diebstahl aufgeklärt war. Erst dann zeigte mir Grünemeier Vaters Brief. Er formulierte eine Entschuldigung, dabei ging sein spitzer Adamsapfel so heftig rauf und runter, dass mir das Hinsehen wehtat.

Diese fünf Wochen, die haben mir was beigebracht, denk ich mal. Vielleicht, wie man aufhört zu hoffen. Oder wie man halt nimmt, was kommt. Weil man nichts dagegen tun kann, wenn man in der Scheiße sitzt. Dass ein Tsunami anrollt und die Scheiße wegschwemmt, ist unwahrscheinlich. Das hab ich gelernt in den fünf Wochen.

Vaters Brief hab ich kürzlich wiedergefunden und in meinen Pass gelegt. So weiß die Nachwelt wenigstens etwas von Lazar Laval – dass er kein Dieb war. Müsste ich die zehn besten Dinge aufzählen, die ich jemals bekommen hab, der Brief wär dabei, denk ich mal.

Der zwanzigste Dezember soll es sein. Beschlossen.

Am neunzehnten, einem Samstag, wird Maier den Abschiedsbrief mit dem Wohnungsschlüssel per A-Post an Travel-Rolf schicken. Am einundzwanzigsten wird er ihn haben und die Polizei informieren. Diese wird uns finden und entfernen lassen. Spätestens am dreiundzwanzigsten, einem Mittwoch, werden wir aus der Torstraße verschwunden sein, und das Christkind kann einziehen.

Maier hat sich versichert, dass Travel-Rolf an diesen Tagen seinen Laden geöffnet hat. Sie hat sich auch erkundigt, ob Briefe vom Samstag am Montag ausgetragen werden. Sie macht alles sehr genau. Anders als ich. Ich glaube, ich habe mein ganzes Leben dem Zufall überlassen. Außer den Schluss.

Warum sie mich bis zum zwanzigsten weiterhin ernähren will, seh ich nicht ein. Sie fabriziert Häppchen, und ich werfe sie weg. Sie weiß nichts von der Plastiktüte zwischen Bett und Wand. Ein bisschen was lass ich angebissen auf dem Teller, den Rest trage ich in der Tüte zur Toilette.

Vita Maier. Komische Frau. Sie erlaubt mir zu sterben, aber nur wenn ich satt bin. Wär sie meine Mutter gewesen, hätte ich vielleicht lieber gelebt. Das sind diese scheißdummen Alternativtheorien, die niemandem was bringen außer den diplomierten Schwätzern, die sie produzieren. Nein, ich hätte Maier nicht als Mutter gewollt. Schon eher als schrullige Großmutter. Aber eigentlich mag ich sie als Kumpel. Wenn ein Kumpel das ist, was ich mir drunter vorstelle: ein vergnügungsfähiger, nicht viele Worte machender, mit Verständnis begabter, nicht eingebildeter, der Dummheit nicht abgeneigter und gleichzeitig Witz zur Verfügung habender, durchweg solidarischer, menschlicher Mensch. Wenn Maier an meinem Bett kehrtmacht, in den klatsch klatsch Pantoffeln zurück in die Küche geht, nicht mehr ganz aufrecht und im Hintern etwas zu schwer, dann schau ich ihr gerne nach und merke, wie sehr ich sie mag.

Sie hat aus den Säcken fürs Brockenhaus das Vogelhäuschen wieder hervorgekramt und am Balkongeländer festgemacht, hat zwei Fünfkilosäcke bestes Nussfutter angeschleppt, so was könnte man glatt als Snack auf eine Bartheke stellen. »Reut mich nicht«, sagt Maier, »sie sollen es richtig schön haben.« Dann macht sie eine Pause, die mag heißen: Auch wenn ich sie im Frühjahr nicht mehr singen höre. »Am liebsten habe ich die Amseln, Mann und Frau, auch den Kleiber, der ist so gut geschnitten wie ein Designerstück, und schön sind Haubenmeisen, Vögelchen, die auf einen Weihnachtsbaum passen«, sagt Maier und hängt wieder eine Pause an, die mag heißen: fertig Weihnacht. »Gibt schon einiges, was gut ist auf dieser Welt, findest du nicht?«

Maier hat immer noch Jakobs teuren Morgenmantel, so was Warmes mit Schottenmuster und einem Gürtel, den man zuknotet. »Er hat ihn nie getragen«, sagt Maier, »war ihm zu umständlich.« So ein Schottenmorgending hatte auch Joe Harmeier im Internat. Hab lang nicht mehr an Joe gedacht. Hab ihn so schnell vergessen, wie er verschwunden ist. Sein Vater hat ihn damals ruckzuck heimgeholt, jetzt sitzt er irgendwo in Norddeutschland auf einem Gut und riecht nach Pferd. Er war mal mein Freund, das war nach der Diebstahlgeschichte. Er war der langweiligste Mensch, dem ich je begegnet bin. Wo immer ich war, Joe war hinter oder neben mir. Was immer ich machte, Joe hat es mir nachgemacht. Joe war mein Schatten, ein Schatten, der immer gleich lang und gleich langweilig war. Ich machte Linolschnitte, er auch. Ich soff Bier, er auch. Ich ließ mir die Haare zu einem Rossschwanz wachsen, er auch. Ich hielt mir heimlich eine Ratte, er auch. Ich hörte Prince, er auch. Ich trug schwarze Klamotten, er auch. Von neun Lehrern fand ich fünf ein Arschloch, er auch. Ich kaufte mir Nietzsche, er auch. Gelesen haben wir das nie. Nicht alles vermochte er nachzumachen. Ich zeichnete Karikaturen, er nicht. Ich gab ironische Antworten, er nicht. Ich legte ein Heft mit Wortspielen an, er nicht. Ich war gut in Französisch, er nicht. »Laval, pas mal!«, sagte der Französischlehrer anerkennend. Von da an hieß ich Pasmal. Joe hätte auch gern einen witzigen Namen gehabt. Zum Glück hat niemand aus Harmeier Darmeier gemacht. »Joe«, sagte ich, als er ging, »see you.« Er winkte nur, was ich seltsam fand, darum weiß ich es noch. Ihm war ein bisschen nach weinen, denk ich mal.

Nun trage ich Jakobs Morgenmantel, wärme die Hände in den flauschigen Taschen und stelle mir vor, ich sitze wieder nachts auf dem Sofa im Hof vom Hotel Göl, Schattengespenster raunen sich freundlich zu, und plötzlich taucht Aydan aus dem Dunkel auf und setzt sich wortlos neben mich. Ich knöpfe den Morgenmantelgürtel auf und binde ihn um Aydan und mich, so aneinandergeknüpft warten wir auf die Morgendämmerung, und wenn um 6.01 der Muezzin ruft, fliegen wir davon.

Ich würde gerne wissen, was in Maiers Brief an Travel-Rolf steht. Ich weiß, dass sie ihn geschrieben hat, denn ich habe ein wenig recherchiert. Er liegt in der Küchentischschublade. Hier hat sie sonst ihre Rezepte verwahrt, aber die sind jetzt weg. Nur der Brief liegt da, der Umschlag ist mit Tape zugeklebt, und was im Umschlag ertastbar ist, muss der Schlüssel sein. Bin eigentlich nicht beleidigt. Und doch, warum zeigt sie mir den Brief nicht, geht uns doch beide an, und zwar definitiv. Vielleicht will sie ihn einfach noch ein, zwei Tage reifen lassen wie ein Stück Käse. Dass sie es ist, die den Travel-Rolf informiert, ist schon richtig, sie kennt ihn besser als ich. Der Typ ist sicher in Ordnung, er grinst einfach etwas zu nett, wenn er grüßt. Aber wen sollten wir sonst über die große Reise informieren, wenn nicht ihn, den Reisemann. Angenommen, wir würden den Brief dem schwerhörigen Alfons Rinderknecht schicken, und die rumänische Ehefrau würde ihn aufmachen: »Schlussel von Frau! Was du haben mit Frau, Alffons?« »Hä?« »Du mach Sachen mit Frau, was?« »Hä?« »Alffons! Politie! Polizei!« »Hä? Polizei? Wirf das weg.«

Was wohl das Hundetier macht, Ausi, das borstige Stück? Es kurz an mich drücken wär schön. Ist vielleicht tot.

Ich hab Maier gefragt, wo sie die »Munition« aufbewahrt. Sie sagt, ich solle statt von Munition lieber von Rückfahrkarten reden, das sei schöner. »Wir sind angereist«, sagt sie, »und jetzt reisen wir wieder ab.« »Von wo nach wo nach wo?«, sag ich. Maier denkt nicht lange nach. »Von Nichts nach Sein nach Nichts.« Ich bin froh, dass ich mir das Nichts nicht vorstellen kann. Manchmal, wenn ich die Mütze über die Augen ziehe, gelingt es mir, ausschließlich Dunkelblau zu sehen, unverzerrtes, reines, glattes Dunkelblau für eine Tausendstelsekunde. Das ist ein vollkommenes Nichtbild. Dann schießt von irgendeiner Seite etwas ein. Biancas Hände oder Mundpilztropfen oder Atatürk. Irgendetwas völlig Ungerufenes. Zack, ist das Nichtbild überschwemmt, und ich finde es lange nicht mehr.

Es wird ein Glück sein, ins Dunkelblau zu tauchen.

Maier hört nicht auf mit ihrem »Wie geht's?«

Mir geht es gut, könnte ich sagen, nur mein Bauch ist eine Trommel und spannt, mein Magen kneift rechts, meine Mundschleimhaut brennt, mein Kopf dröhnt, meine Fußsohlen schmerzen, meine Arme und Beine und alle Gelenke tun weh, meine Augen flirren, da, wo mein Port war, beginnt eine Entzündung, mein Brechreiz kommt und geht, meine Haut glüht im Frieren, aber mir, mir geht es gut.

Ich werfe immer noch ein, was mir die Weißen mitgegeben haben. Könnte mir genauso gut Maiers Vogelfuttermischung aufs Haupt streuen.

Amseln und Kleiber sind gestern gekommen. Maier stellt sich immer wieder ans Fenster. Wartet auf zehn Gramm Haubenmeise.

»Maier!«

»Ja?«

»Leben ist der Lärm eines Flügelschlags.«

»Was?«

»Nichts.«

Was ich nie wissen werde: Warum der Typ John Lennon erschossen hat. Was Super-G heißt. Ob Wasserkochen auf einem Berg schneller geht. Wer der nächste Präsident der USA wird. Ob's mich grausen würde, bei einer Geburt zuzuschauen. Was ein Veganer tut gegen Mücken. Ob ein Priester seiner Mutter übelnehmen muss, dass sie gebumst hat. Wie man ein Brot macht. Warum Elsie nicht am Ellbogen angefasst werden wollte. Welcher Idiot zum Mars fliegen wird. Wie ich geheißen hätte, wenn ich ein Mädchen gewesen wäre. Ob man einen Fuchs als Haustier halten kann. Ob es von *Breaking Bad* eine Fortsetzung geben wird. Wie traurig ein Storch ist, wenn er seine Frau verloren hat. Was für ein Lied ich für mich singen würde, wenn ich müsste. Woraus man Wasabi macht. Wohin ich als Nächstes gegangen sein würde, wenn ich gehen gekonnt haben würde. Wer mich warum verflucht hat. Ob ich es fertigbrächte, Blutwurst zu essen. Ob Johann Sebastian Bach auch so gut geworden wäre, wenn er nicht Bach, sondern Tümpel geheißen hätte. Woher Bilharziose diesen Namen hat. Wo sich Gott während des Urknalls in Sicherheit brachte. Wie das wäre mit einem Mann. Ob ich mich mal getraut haben würde, jemandem meine wüsten Träume zu erzählen. Ob mehr als die Hälfte meiner Gedanken unnötig gewesen sind. Wie ein gebratener Tannzapfen riecht.

Leben ist liegen, wenn man auch stehen könnte.

Ich liege nur noch. Ströme von Fragen würden mich wegschwemmen, läge ich nicht eingepackt in der Decke. Und Bilder fluten aus meinem Kopf, er hat ein Leck. Jede Mäusekacke, die ich in meinen einundzwanzig Jahren mal registriert hab, kommt wieder zum Vorschein. Das Leben, diese Wahrnehmungsmaschinerie, kommt mir immer absurder vor. Mein Leben. Hab ich diesen Sack aus Haut und Knochen tatsächlich mit so einem nutzlosen Wahnwitz abgefüllt?

»Lazy, wie geht's?«

Es geht.

Es geht unter.

Maier studiert eine Liste von Neckermann, was vor einer Reise zu tun sei. Maier, zeig her. Einiges hat sie abgehakt: »Post und Zeitung abstellen«, »Mülleimer leeren«, »Verderbliche Lebensmittel aufbrauchen«, »Reiseliteratur studieren«. Einiges hat sie mit einem Ausrufezeichen versehen: »Reiserücktrittsversicherung abschließen«, »Sich über das Zielland informieren«, »Adresse des Urlaubsortes hinterlassen«. Und neben »Grundkenntnisse Landessprache aneignen« hat sie »Halleluja« geschrieben.

Wie schwer das Handgepäck sein darf, geht uns nichts an. Wir haben keins. Wir nehmen nur die Seele mit, und die wiegt nichts.

Maier hat die verderbliche Streichwurst aufgebraucht. Ich riech's, und mir wird schlecht.

Hätte Maier mein Leben gehabt, hätte sie mehr draus gemacht als ich, denk ich mal.

Manchmal wache ich nachts auf und meine, jemand sitze an meinem Bett. Manchmal ist es Maier, die an meinem Bett sitzt. Manchmal sag ich, Maier, geh schlafen, und dann ist da gar niemand. Manchmal träume ich, dass ich schlafe und aufwache und neben dem Bett Maier sitzen seh, aber dann zieht mich der Traum weiter.

Das Atmen geht neuerdings schlecht.

Maier sagt, es wäre leichter zu sterben, wenn überhaupt nichts von uns übrig bliebe. Sie sagt, sie habe wegen des Sterbens so viel zu tun gehabt wie vor einer Weltreise. Sie sagt, tot zu werden sei ebenso ein Knorz, wie geboren zu werden. Sie sagt, man sollte sich einfach wegwünschen können. Sie sagt, jetzt haben wir's dann. Schlaf gut.

Ich nehme an, dass mal jemand ausgerechnet hat, wie viele Menschen insgesamt gelebt haben und somit gestorben sind. Es gibt für jede Materie einen Experten. Es gibt Experten wie am Meer. Da fehlt etwas. Ach so, Sand. Maier, bin ich normal? Maier, wann sterben wir? Zwei mehr für Ihre Rechnung, Herr Experte.

Maier steht am Bett:

»Du bist gelb.«

In der Abschlussklasse hieß einer der Gelbe. Er hatte Chinesenaugen, wohl darum. Chinesen sind gar nicht gelb, sagte der Gelbe, seid ihr farbenblind. Er kam aus Frauenfeld und erhielt jede Woche ein Paket mit Esswaren, die er in seinen Schrank einschloss. Wenn er mit einem sprach, schob er sich ganz nah heran, und man roch, was er vor kurzem gegessen hatte. Lebkuchen. Kalbfleischwurst. Glarner Schabzieger. Man trat einen Schritt zurück, und er schob sich nach. Der Gelbe stinkt, sagten die Mädchen, er wusste es nicht. Er blieb, als wir die Schule verließen. Er hatte die Prüfungen nicht bestanden. Der Gelbe soll endlich verreisen. Ich möchte nicht an ihn denken.

Denken ist neuerdings wie Steckenbleiben in Flugsand, ich kann mich vom blödesten Thema nicht mehr losstrampeln. Manchmal helfe ich mir, indem ich Aydan herbeidenke, mir vorstelle, dass sie mich an sich zieht, dass ich ihre Rippen spüre und zwischen den Rippen ihr Lachen, wenn sie sagt, sie sei kein Joghurtgetränk. Ich weiß schon, was du bist, schöne Aydan.

Noch sechs Tage bis Heiligabend, dann sind wir längst in Halleluja-Land. Und auf der Welt ist großes Rascheln, von Geschenkpapier, und großes Leuchten, von Kinderaugen, und die Erdachse verbiegt sich, weil aufs Mal so viel und so falsch gesungen wird. Vater und ich haben nie gesungen, aber ich nehme an, dass Mutter sang, kann mich erinnern, dass sie manchmal an meinem Bett gesungen hat. Es war immer das gleiche Lied, das ich hören wollte: *Lazarino geht ins Kino, dort träumt er vom Mäuseloch – und wovon noch?* Ich durfte aufzählen, wovon ich träumen wollte. Ist nicht schlecht für ein kleines Kind, denk ich mal. Die Stimme ist wieder da von Mutter Mama, aber das Gesicht ist weg.

Pilz im Mund. Pilz in der Lunge. Bin ein Pilzgelände. Für Fliegenpilze und Giftzwerge. Bin Hexenkost. Wenn ich gelb genug bin, verspeisen sie mich. Bin ein Fieberbaum und lass mich schütteln vom schwarzen Mann.

»Lazy«, sagt Maier. »Wie geht's?«

Sich nicht erwischen lassen beim Mogeln.

Sich nicht erwischen lassen beim Rauchen.

Sich nicht erwischen lassen beim Klauen.

Sich nicht erwischen lassen beim Onanieren.

Sich nicht erwischen lassen beim Spionieren.

Sich nicht erwischen lassen beim Sterben, das ist neu.

Maier. Maier. Wär ich ein Jahr früher bei ihr gewesen, hätte sie mich rechtzeitig zum Arzt gepeitscht, und der hätte mich rechtzeitig ins Spital gejagt, und die hätten mich rechtzeitig bombardiert. Und ich hätte nicht Leben verplempert und Zeit verschwendet dort unten in der Wohnung mit Juan. Hätte, hätte, wäre, wäre.

Neunundneunzig Prozent der Toten hat man vergessen. Nach meinem Tod wird mich niemand vergessen, weil jetzt schon niemand an mich denkt. Darum bin ich unvergesslich. Genauer: unvergessbar. Das ist doch auch was. Eigentlich kann ich zufrieden sein. Schön auch, dass ich nichts vollbringen muss. Dieses mahnende Hämmern ist weg: leiste was, leiste was, leiste was. Junger Mann, wirf dein Leben in den Dienst der Menschheit. Verändere die Welt. Tu Gutes, Gescheites, Schönes. Kacke. Gibt genug, die so was versucht haben, vor Jahrtausenden schon, als der Fuchs in Stein gehauen wurde. Was die Weltverbesserer errichtet haben, ist stets umgekippt in die alte Scheiße. Gut, dass ich geh. Trotzdem, seitdem ich es beschlossen hab, ist ein neuer Schmerz da, einer der nichts damit zu tun hat, dass ich kaputt bin.

Maier hat den Brief eingeworfen, kommt aus der Kälte heim mit rosigen Backen.

Morgen, sagt sie.

Wir werden uns auf ihr breites Bett legen. Abheben. Im Tandem. Und ich werde keine Hemmungen haben, ihre Hand zu halten.

Lazar Laval und Vita Maier.

Leben ist ein Geschenk. Man kann's nur einmal auspacken.

14
Vita

»Sind Sie die Großmutter?«

»Nein.«

»Haben Sie den Patienten angemeldet?«

»Ja.«

»Was war der Grund?«

»Er wollte leben.«

Die Pflegerin blickt fragend von den Papieren hoch. Vita sagt nichts weiter. Es ist still im Empfangsraum der Notaufnahme. Nach Lazy ist niemand mehr eingeliefert worden. Vita kann das Pochen in ihren Ohren hören. Ein Paar sitzt schweigend auf der Wartebank, Köpfe aneinandergelehnt. Vita hebt prüfend die Hände. Sie zittern nicht mehr. Es ist richtig, was ich gemacht habe, denkt sie. Es ist richtig.

Es war in der Nacht von Samstag auf Sonntag, dem Reisetag. Vita hatte sich für eine Stunde hingelegt, konnte nicht einschlafen, stand wieder auf. Sie ging durch die Wohnung, Schlafzimmer-Küche-Wohnzimmer-Schlafzimmer hin und zurück, hin und zurück. Aus Lazys Zimmer hörte sie sein schweres Atmen, er schlief. Am Morgen in der Früh hatte sie den Brief an Rolf eingeworfen, nicht im nächsten Briefkasten, nein, sie war extra zur Post gegangen, damit er auch sicher weitergeleitet wurde. Während sie durch die Wohnung wanderte, sagte sie sich den Brief immer wieder auf, sie wusste ihn auswendig. *Lieber Rolf, bitte erschrick nicht.*

Sie sieht Rolfs schön manikürierte Hände vor sich, wie er zum Brieföffner greift, Holz, grün-schwarz-blau gestreift, die tansanischen Flaggenfarben, hat er mal gesagt, so eine todschicke Kombination. Sie muss den Brief abfangen, bevor er ihn öffnen kann, Montagmorgen, so um elf, kommt die Briefträgerin. Besser, sie schaut schon vorher bei Rolf vorbei. *Rolf, den Brief, den du heute vor mir erhalten wirst, hätte ich gerne zurück, brauchst ihn gar nicht zu öffnen.* Und wenn er eine Erklärung will? Und die will er wohl. *Wir haben bei dir eine Reise buchen wollen, Lazy und ich, aber daraus wird jetzt nichts, Lazy ist im Spital.* Nein, das geht nicht, nicht mit Rolf. Sie wird ihm die Wahrheit sagen müssen. Wird ihm den ganzen lange durchdachten Plan erzählen müssen, und wie sie dann in der Nacht vor der Reise plötzlich Lazys Stöhnen hörte, das klang so ungeheuerlich nach abgrundtiefem Schmerz, so hatte er noch nie gestöhnt. Sie rannte an sein Bett und machte Licht. Er klammerte sich an die Bettdecke mit einer Kraft, die von irgendwo aus dem Innersten kam, und das Stöhnen ging über in Schreien. Vita hätte Lazy am liebsten den Mund zugehalten. Sie streichelte ihm Wangen und Arme und die kalte Stirn, bis aus dem Schreien ein Wimmern wurde. »Lazy, was soll ich tun?«

Wenn sie jetzt die Ambulanz rief, war das ein Verrat. Lazy vertraute ihr, sie musste halten, was sie ihm versprochen hatte: Ich komme mit. Sie mussten gleich jetzt, wo er so litt, die Medikamente einnehmen. War ja alles schön parat auf dem Küchentisch. Doch plötzlich zog Lazy die Decke von sich, warf sich heftig auf die Seite, sein schwingender Arm traf Vita am Ohr, und Vita staunte über die Kraft, die noch in ihm war. Kein Wimmern mehr, Würgen jetzt. Er wollte sich erbrechen, aber das ging nicht, weil er nichts zu erbrechen hatte. Diese Würggeräusche waren noch erbärmlicher als das Stöhnen, Vita sah, wie er sich krümmte, und ihr war klar: Dieses verkrampfte Bündel war nicht imstande, ein Medikament einzunehmen.

Als etwas Grünliches aus seinem Mund kam und ihm übers Kinn lief, sagte er: »Vita, hilf mir.« »Ich rufe die Ambulanz«, sagte sie, und er sah ihr ins Gesicht. Seine Augen waren aufs Mal nicht mehr nur zwei Löcher, aus der Tiefe kam ein Blick hoch, er blickte sie an. »Reise verschoben«, sagte Vita. »Erst wird noch gelebt.«

Hat er genickt? Vita will es glauben. Meint, es gesehen zu haben. Nein, ist sich sicher. Er hat genickt. Wenn nicht mit dem Kopf, dann mit den Augen, die wieder blickten.

Die Ambulanz kam, 23 Minuten nachdem sie angerufen hatte.

Hell und leer wie eine geräumte Halle ist ihr Leben jetzt, und sie steht mittendrin in der Leere. Was sie zu erledigen hat, ist nur Kleinkram: Sie wird die Zeitung neu abonnieren, wird wieder Termine bei Arzt und Zahnarzt abmachen, wird sich Winterschuhe kaufen, wird den Brief an Moritz, der adressiert auf ihrem Schreibtisch liegt, in kleine Stücke reißen. Ihren Pass und ihr Testament, auch auf dem Schreibtisch, wird sie wieder in die Schublade legen, in der sonst nichts mehr ist als der Geruch von früher. Und sachte, sachte wird sie ihr Leben, diese helle Halle, wieder einrichten, für sich und für Lazy.

Vierter Sonntag im Advent. Der große Adventskranz beim Spitaleingang wirkt wie ein Grabschmuck. Vier Kerzen brennen. Lazy liegt auf der Intensivstation, da darf sie nicht hinein. In was für einer Beziehung sie denn stehe zum Patienten Laval, fragt eine Pflegefrau. »Er wohnt bei mir«, sagt Vita. »Sie hätten ihn früher zu uns bringen müssen«, sagt die Pflegefrau, und Vita sieht ihr an, was sie sonst noch sagen möchte: Wie konnten Sie nur. Was sind Sie bloß. Sie hätten doch merken müssen, dass. Es gibt doch noch Nächstenliebe. Also bitte.

Vita soll morgen wieder vorbeikommen und Lazys Personalien ergänzen. Soll alle Papiere mitbringen, die sie findet, medizinische Gutachten, amtliche Dokumente, Adressen der Verwandten, der Geschwister vor allem. »Er hat keine Geschwister«, sagt Vita. »Trotzdem«, sagt die Pflegefrau.

Im Lift nach unten denkt Vita, sie müsste auf dem Adventskranz drei Kerzen ausblasen, die Zeit um drei Wochen zurückdrehen, dann wäre Lazy noch ein klein bisschen besser dran, und sie würde ihn überreden, ins Spital zu fahren, und die Pflegefrau würde ihr keine Vorwürfe machen. Inzwischen brennen auf dem Kranz alle vier Kerzen nicht mehr, da war schon vor ihr jemand am Löschen. Null Flamme, was heißt jetzt das?

Vita wandert durch die Altstadt zum See, die Gassen sind voller Leute, die Läden offen, obwohl es Sonntag ist, ach so, in vier Tagen ist ja schon Heiligabend. Mit einem heiligen Abend hat sie nicht mehr gerechnet, nur mit Schlaf in himmlischer Ruh. Am See ist es still, im letzten Sonnenlicht schimmern die Schwäne rosa, sind wie Schaufensterdekorationen, von Silberwasser umspült. Die Hänge auf der anderen Seeseite sind schon blau verdunkelt, die Sonne wärmt nicht mehr, beleuchtet nur noch. Vitas Hintern ist kalt, aber sie bleibt sitzen, im angenehmen Bewusstsein, dass sie nicht einen Kahn besteigen und nach drüben ins Dunkle rudern muss.

Zu Hause auf Lazys beinah leerem Tisch liegt seit Tagen der Umschlag »*To open when I'm gone*«, sein Pass und das Bild vom Göbekli-Tepe-Fuchs. Als sie den Pass aufmacht, rutscht ein Foto heraus. Eine Frau, eine junge Frau, blonde Stirnfransen, schmales Gesicht, dünnes Lächeln, kein Schnappschuss, ein offizielles Bild wie für eine Suchanzeige. Wer das sein mag? Jemand, der für Lazy wichtig ist, sonst hätte er das Bild nicht aufbewahrt. Er hat ja sonst ratzeputz alles weggeworfen, sogar sein Maturazeugnis. Es gibt außer dem Pass keine Papiere, die Vita ins Spital bringen könnte. Lazy hat keine Vergangenheit mehr. Er fängt von vorne an. Dass die Pflegefrau nach Geschwistern gefragt hat, kann ein Hoffnungszeichen sein. Kann heißen, dass man vielleicht doch eine Stammzelltransplantation in Betracht zieht. Geschwister werden da zuerst als passende Spender geprüft. Vita hat im Internet alles gelesen über die Spenderdateien weltweit, über Gewebeverträglichkeit und Abstoßung, über langes Warten und zähe Hoffnung.

Bevor sich Lazy aufmacht zu so einer Stammzelltortur, muss er erst mal am Leben bleiben, nur das. Bitte, Lazy, bleib, denkt Vita, du hast doch genickt, hast du doch, oder nicht?

Leben ist Nicken, wenn man's behalten will.

Plötzlich ist Vita klar, wer die Frau auf dem Foto ist: Lazys Mutter. Er will sich an sie erinnern. Diese Erinnerung ist ihm sicher. Ob er will oder nicht, nimmt er auch andere Erinnerungen in seinen Neuanfang, sie sind gespeichert auf der inneren Festplatte, die schönen wie die schlechten. Alles hat er also nicht entsorgen können.

Noch dreimal schlafen, dann ist Weihnachten. Heute Nachmittag darf sie Lazy besuchen. Er freue sich, hat die strenge Pflegefrau am Telefon gesagt. Vita will ihr deswegen etwas schenken. Sie schlendert durch den Coop, entscheidet sich für einen Kamelienzweig, lässt ihn in Klarsichtfolie packen, so schaut er ganz keimfrei aus. Ein aufregender Tag. In der Früh hat sie versucht, Moritz in Australien anzurufen, es war wohl eine alte Nummer, hat nicht geklappt. Aber sie hat es gewagt, das ist die Hauptsache. Ihren Mut müsste sie eigentlich belohnen und sich etwas Schönes kaufen, weiß aber nicht, was. Sie müsste auch ihren Kühlschrank wieder füllen, doch sie hat Lust auf nichts. Sie greift einfach in die Regale und legt in den Einkaufskorb, was sie schon immer gekauft hat. Vor der Tiefkühltruhe mit den Truthähnen bleibt sie stehen und fragt sich, ob die großen Leiber überhaupt in einen Backofen passen. Bisschen traurig, so ein Leben, denkt sie. Fressen, fressen, sterben und sich fressen lassen. Als sie ein Kind war, gab's zu Weihnachten ein Hühnchen. An den Tod des Hühnchens dachte sie damals nicht. Sie dachte überhaupt nicht an den Tod. Zu leben war so selbstverständlich, wie zu lachen, wenn Vater das Wort Furz sagte.

Das möchte sie sich kaufen: ein Gelächter. Eine Hälfte würde ihr reichen. Die andere Hälfte würde sie Lazy bringen.

Sie trägt ihre Einkäufe nach Hause, räumt sie ein und hat gerade einen Bissen Wurst im Mund, als es an der Tür klingelt. Und da steht diese junge Frau.

15
Lazy

»Sie hauen hier nicht mehr ab«, sagt Pfleger Paolo. »Dafür sorge ich.«

Leben ist sich freuen auf Paolos kühle Finger auf meinem Puls.

Leben ist verlegt werden von der Intensiv auf Zimmer 17.

Leben ist der Geruch von Mandarine in meiner Nasenhöhle.

»Braver Mann, hat was gegessen«, sagt Paolo und räumt das Tablett zur Seite. »Jetzt gibt es Mittagsschlaf.« Er zieht den roten Vorhang ein Stück weit zu, das Licht im Zimmer wird rosa. Ich bin ein braver Mann.

Maier hat die große Reise abgesagt. Wer zahlt die Annullierungskosten. Was wird aus mir. Warum gibt es mich. Wie lange noch. Es gibt keine dummen Antworten. Es gibt nur dumme Fragen.

Es klopft. Paolo klopft doch nicht. Umrisse von viel schwarzem Haar und viel schwarzer Jacke kommen auf mich zu. Aus dem Schwarz taucht ein blasses Gesicht hervor.

Aydan?

Aydan!

Sie ist es.

»You did not call me back, so I came.«

Sie steht tatsächlich an meinem Bett. Ich könnte sie anfassen. Aber das möchte sie vielleicht nicht. Bestimmt seh ich grauslich aus, wie eine ausgebuddelte Leiche. Sie riecht nach Winterluft und ist schön.

»I hope it is okay I came.«

Sie spricht und spricht, und alle Sätze sind nur für mich und landen sanft auf meinem Bett, Schneeblüten. Sagt, sie habe mich nicht vergessen. Sagt, sie sei kurz nach mir abgereist. Sagt, sie habe Maiers Telefonnummer von Sidar. Sagt, Sidar lasse grüßen.

»I sent you a letter.«

Ich schüttle den Kopf. Doch, sagt sie, einen Brief, richtig frankiert, zwei Eins-vierziger-Marken, die mit den weißen Ziegen. Ach, die türkische Post. So slow. Hier ist alles so schnell, sagt sie. Sogar die Sonne scheint schneller. Und das Jahr vergeht schneller.

»End of the year I will leave.«

Wieder schüttle ich den Kopf. Doch, sagt sie. Dann hat sie kein Zimmer mehr. Die Verwandten brauchen es. Und Arbeit zu finden ist schwer. Bleib bitte. Ich weiß nicht, ob ich es sage, oder ob sie mir meine Bitte ansieht. Sie schält sich aus der schwarzen Riesenjacke und setzt sich auf den Bettrand.

»How do you feel, tell me.«

Reden fällt mir schwer. Nicht nur weil ich den Mund außer zum Kotzen schon lange nicht mehr gebraucht hab. Sondern weil reden nur geht mit denken dahinter. Und wie soll man denken, wenn man nicht weiß, wozu.

Kaum habe ich angefangen von mir zu erzählen, merke ich erschreckt, dass ich müde werde. Das darf nicht sein, erst muss ich Aydan festhalten, muss wissen, was ich wissen muss. Sie heiße mit Nachnamen Günesche, Günesche bedeute »to the sun«, und wie das sch auf Türkisch geschrieben wird, zeichnet sie mir mit einem Finger auf die Innenhand. Das ist das schönstbeste Streicheln ever. Aydan Güneşe. Vom Mond kommend zur Sonne hin.

Während sie einen Stift sucht, um ihre Handynummer aufzuschreiben, schließe ich kurz die Augen. Maier kann vielleicht was machen, dass Aydan nicht gleich in die Türkei zurückmuss. »Maier, könntest du dir bitte den Schenkelhals brechen und dann Aydan als Pflegerin anstellen?« Maier fällt immer was ein, wenn's sein muss. »Leben ist, es in die Hand zu nehmen«, hat sie gesagt. Das war im Hotel Göl. Jetzt springt mir der kleine alte Fuchs aufs Bett, es schwankt ein wenig.

Ich öffne die Augen, und Aydan sitzt immer noch auf dem Bettrand. Zwischen Nase und Kinn sieht sie ein bisschen anders aus. Ist das ein Lächeln? Ich schließe erneut kurz die Augen und seh, wie etwas durch die Schwärze taumelt wie ein rotes Insekt, das ist Aydans Lächeln und ist schön, und ich lass die Augen ein Weilchen zu.

Als ich erwache, ist Aydan weg.

Unter meiner Hand liegt was.

Winzige Schachtel, verschnürt.

Wenn's mir besser geht, werd ich sie öffnen.

Lazys Fuchs in Göbekli Tepe

Dank

Ich danke Sabine aus Deutschland und Patrick aus Österreich sowie Nico von www.leukaemie-online.de, die bereit waren, mir den Verlauf und die schwierige Bewältigung ihrer Leukämie-Erkrankung zu schildern. Und dankend denke ich an meine Gesprächspartnerin Heidi aus der Schweiz. Ihre Hoffnung zu überleben hat sich nicht erfüllt. Ich danke Dr. Bert Siegfried für hilfreiche pharmazeutische Auskünfte. Und ich danke Dr. med. Henry Perschak für die freundliche kritische Durchsicht meines Manuskripts.

Nadja und Lars Schultze-Kossack danke ich für die Ermunterung, den Schluss des Buches noch mal zu überdenken.

Jakobs Autoren

Seite 59: Epikur
Der Weise dagegen fleht nicht um Leben und fürchtet sich ebenso wenig, nicht zu leben. Denn für ihn ist das Leben nicht voller Hindernisse, und er glaubt auch nicht, nicht zu leben sei etwas Schlimmes. Wie er beim Brot nicht das allergrößte, sondern das süßeste auswählt, so entscheidet er sich auch bei der Zeit nicht für die längste, sondern für die angenehmste.
Aus: »Brief an Menoikeus«

Seite 60: Mascha Kaléko, »Memento«
Vor meinem eignen Tod ist mir nicht bang,
Nur vor dem Tode derer, die mir nah sind.
Wie soll ich leben, wenn sie nicht mehr da sind?

Allein im Nebel tast ich todentlang
Und laß mich willig in das Dunkel treiben.
Das Gehen schmerzt nicht halb so wie das Bleiben.

Der weiß es wohl, dem gleiches widerfuhr; –
Und die es trugen, mögen mir vergeben.
Bedenkt: den eignen Tod, den stirbt man nur,
Doch mit dem Tod der andern muß man leben.
Aus: Verse für Zeitgenossen

Seite 64: Seneca
Nur ein kleiner Teil des Lebens ist es, den wir leben.
Die gesamte übrige Spanne ist nicht Leben, sondern Zeit.
Aus: »De brevitate vita«

Seite 97: G. Chr. Lichtenberg
Die wenigsten Menschen haben wohl recht über den Wert des Nichtseins gehörig nachgedacht. Unter Nichtsein nach dem Tode stelle ich mir den Zustand vor, in dem ich mich befand, ehe ich geboren ward. Es ist eigentlich nicht Apathie, denn die kann noch gefühlt werden, sondern es ist gar nichts. Gerate ich in diesen Zustand – wiewohl hier die Wörter Ich und Zustand gar nicht mehr passen; es ist, glaube ich, etwas, das dem ewigen Leben völlig das Gleichgewicht hält.
Aus: »Aphorismen, Schriften und Briefe«

Seite 98: William Shakespeare
Unser kleines Leben ist umhüllt von Schlaf.
Aus: »Der Sturm«

Seite 144: Jean Paul
Nur die Krankheit nimmt dem Sterben seinen Glanz.
Aus: »Siebenkäs«

Seite 149: Seneca
Nicht ›zu leben‹ ist nämlich ein Gut, sondern ›gut zu leben‹.
Aus: »70. Brief an Lucilius«

Seite 155: Marc Aurel
Auf die Dauer der Zeit nimmt die Seele die Farbe der Gedanken an.
Aus: »Selbstbetrachtungen«

Seite 172: Lew Tolstoi
Gemeinsam stirbt es sich leichter.
Aus: »Tagebücher. Zweiter Band«

Zitatnachweise

Marc Aurel, *Selbstbetrachtungen,* Stuttgart, Reclam, 1949. Übersetzt von Albert Wittstock.

Epikur, »Brief an Menoikeus«. In: ders., *Über das Glück,* Copyright der deutschsprachigen Übersetzung © 1995, 2011 Diogenes Verlag AG Zürich. Übersetzt und herausgegeben von Séverine Gindro und David Vitali.

Mascha Kaléko, »Memento«. In: dies., *Verse für Zeitgenossen.* Erstveröffentlichung dieser Ausgabe 1956 Rowohlt Verlag, Hamburg. © 2015 dtv Verlagsgesellschaft mbH & Co. KG, München.

G. Chr. Lichtenberg, *Aphorismen, Schriften, Briefe,* München, Carl Hanser, 1974.

Jean Paul, *Siebenkäs,* Stuttgart, Reclam, 1986.

Seneca, »De brevitate vita«. In: ders., *Das Leben ist kurz!,* Stuttgart, Reclam, 2007. Übersetzt von Marion Giebel.
Briefe an Lucilius, Stuttgart, Reclam, 2014. Übersetzt von Heinz Gunermann, Franz Loretto, Rainer Rauthe.

William Shakespeare, *Der Sturm,* 4. Akt, 1. Szene: »Our little life is roundet with sleep.« *Urheber/in der zitierten Übersetzung ist nicht bekannt.*

Lew Tolstoi, *Tagebücher. Zweiter Band,* Berlin, Rütten & Löning, 1978. Übersetzt von Günter Dalitz. © Aufbau Verlag GmbH & Co. KG, Berlin 1978, 2008.

Es war dem Verlag leider nicht möglich, sämtliche Quellen zu ermitteln. Eventuelle Rechteinhaber wenden sich bitte an den Verlag.

Fragen an Angelika Waldis

»Ich komme mit« erzählt von einer außergewöhnlichen Freundschaft und einer großen Reise. Wie sind Sie auf die Idee zu Ihrer Geschichte gekommen?
Ich habe eine Reportage gelesen über einen Jungen mit Hirntumor, der große Angst vor dem Sterben hatte, und ich habe mich gefragt, ob ich als dessen Großmutter den Mut zum Liebesdienst hätte aufbringen können, mit ihm in den Tod mitzugehen.

In Ihrem Buch finden sich Vita, 72 Jahre alt, seit fünf Jahren verwitwet, und Lazy, ein zwanzigjähriger Student, der keine Angehörigen mehr besitzt, aber eine Wohnung und ein Vermögen auf einer Schweizer Bank. Worin liegt für Sie der Reiz eines derart ungleichen Paares?
Im Allgemeinen sind Freundschaften eher üblich zwischen ähnlich Alten oder ähnlich Gebildeten oder ähnlich Begüterten oder ähnlich Gebeutelten ... Dass hier zwei zueinander finden, denen kaum mehr gemeinsam ist als die Tatsache, dass sie ein Leben haben, das finde ich aufregend.

Sie erzählen Ihre Geschichte wechselweise aus der Sicht von Lazy und Vita. Welche Möglichkeiten bietet Ihnen dieser Perspektivwechsel?
Ich mag Geschichten, die aus der Perspektive der einzelnen Protagonisten erzählt werden und nicht sozusagen von oben, nämlich aus der »allwissenden« Rundumsicht eines auktorialen Erzählers. Das Sichhineinversetzen mal in die eine, mal in den anderen ist reizvoll.

Welche Rolle spielt es, dass Vita und Lazy sich in früheren Jahren schon einmal begegnet sind?
Die kurze Begegnung ganz zu Anfang des Buchs – Lazy war noch

ein Kind – hat nur den Zweck aufzuzeigen, dass die beiden mal weit voneinander entfernt waren und sich überhaupt nicht mochten. Ein Kniff der Autorin, mehr nicht.

Lazy ist todkrank und Vita lebensmüde. In dieser Situation beginnen sie ein Spiel, bei dem sie sich immer wieder Sätze zuwerfen, die ausdrücken, was Leben gerade für sie ist. »Leben ist Wärme im Hundeohr«, sagt Lazy beispielsweise und Vita darauf: »Leben ist Melodie erkennen im Summen des Kühlschranks«. Gibt es unter diesen Leben-ist-Sätzen einen, der Ihnen besonders gut gefällt?
Vielleicht der: »Leben ist ein Geschenk. Man kann's nur einmal auspacken.«

In Ihrer Geschichte gibt es viele schräge, komische Momente. Welcher besondere Humor schwingt zwischen Vita und Lazy und ihrer Art, das Leben zu sehen?
Das wird wohl der Galgenhumor sein. Der kann sich aber, so glaub ich mal, nur entfalten bei Menschen, die für Witz empfänglich sind, und das sind die beiden. Sie mögen Sprachspiele, und sie sperren sich nicht gegen Situationskomik.

Sie sind 1940 geboren, haben im Alter von 63 Jahren Ihr literarisches Debüt, »Tu nicht so«, herausgebracht, und seither neun Bücher für Erwachsene und zwei für Kinder veröffentlicht. Hatten Sie schon lange vorher den Wunsch, Schriftstellerin zu werden?
Geschrieben habe ich immer. Als ich neun war, habe ich ein Weihnachtsspiel in Versform verfasst und mich dann sehr geschämt, als es die Lehrerin aufführen liess – ich war ein schüchternes Kind. Später bin ich manchmal als Redaktorin einer Jugendzeitschrift eingesprungen, wenn der Kurzgeschichtenautor den versprochenen Text nicht rechtzeitig lieferte. Aus einer Fortsetzungsgeschichte von damals ist dann mein erstes Buch entstanden: *Tita und Leo*, das 2000 mit dem Schweizerischen Jugendbuchpreis ausgezeichnet wurde.

Als Autorin haben Sie zu einer ganz eigenen Sprache gefunden mit neuen, überraschenden Vergleichen und Bildern. Wenn jemand beispielsweise versucht, sich an etwas zu erinnern, »zupft« er »an seinen Synapsen«. Notieren Sie stets spontane Einfälle, oder wie gelangen Sie zu Ihren Formulierungen?

Ja, wie mach ich das eigentlich beim Schreiben … Ich hab es auf meiner Website so zu formulieren versucht:

Ich bemühe mich, mir bei Geschwätzigkeit ins Wort zu fallen. Abgenutzte Redewendungen zu entsorgen. Begriffe nicht unbesehen zu verwenden. Bricht das Herz? Ist doch gar kein Knochen. Dastehen wie vom Blitz getroffen? Daliegen wär logischer. Der Koffer wartet aufs Abgeholtwerden? Nein, Koffer können nicht warten. Schreiben ist ein permanentes Quiz mit sich selbst: Wie überwintert ein Schmetterling? Googeln! Schreibt man Lilliput so? Dudeln! Ist Fingerbeere ein Helvetismus? Karlheinz fragen! Wie hört es sich an, wenn Wasser auf Wasser fällt? Ausprobieren! Eine gute Gelegenheit, kurz vom Computer abzuhauen, um dann mutig wiederzukommen in der Hoffnung, das bislang Geschriebene sei gut. Aber schon ist die Verunsicherung wieder da: Kann ich stehen lassen, dass der Himmel blaufingrig in die Hügel greift? Ja, warum nicht. Kann ich »geistige Verwirrung« mit »Kabelsalat« vergleichen? Nein, weg damit.

Lazy begibt sich im Roman auf mehrere Reisen, nach Marokko, ins Engadin und nach Mexiko. Vita hingegen träumt davon, nach Afrika zu fahren. Wieso führt die gemeinsame Reise, die Lazy und Vita 2015 unternehmen, sie schließlich an ein Ziel, das in der türkischen Grenzregion zu Syrien liegt?

Weil Lazy fasziniert ist vom Bild eines eingravierten Fuchses auf einer Stele, zwölftausendjährig, in einer mesopotamischen Kultstätte. Das war ich auch mal und bin darum dahin gereist. Ich war aber auch in den anderen erwähnten Ländern und habe in diesem Buch einige eigene Eindrücke verwertet.

Lazy bezeichnet sich selbst als »unvergessbar«. Worin besteht als Autorin Ihre Vorliebe für diese schon zu Lebzeiten »Vergessenen« der Gesellschaft?
Im Lauf der Geschichte muss Lazy sich sagen: »Neunundneunzig Prozent der Toten hat man vergessen. Nach meinem Tod wird mich niemand vergessen, weil jetzt schon niemand an mich denkt. Darum bin ich unvergesslich. Genauer: unvergessbar. Das ist doch auch was.«

Im Gegensatz zu gesunden jungen Menschen kann Lazy nicht mehr davon träumen, Leistungen zu erbringen, die ihn unvergesslich machen. Das ist traurig.

Ich habe jedoch als Autorin nicht unbedingt eine Vorliebe für die »Vergessenen« der Gesellschaft. Ich kann mir auch vorstellen, über »Unvergessene« zu schreiben: Über Menschen, die anderen Menschen unendlich viel bedeutet haben und sich nicht vergessen lassen. Oder über Menschen, die nach ihrem Verschwinden noch unangenehm spuken und die man gern vergessen würde.

Die zwei »Unvergessbaren« gründen eine Art Wohngemeinschaft. Könnte diese Form des Zusammenlebens für Sie auch Modellcharakter haben?
Nein! Ich lebe seit 55 Jahren mit dem gleichen geliebten Mann zusammen. Entweder so – oder allein.

In »Ich komme mit« wird klar ausgedrückt, was das Leben für Lazy ist. Entspricht das der Quintessenz Ihrer eigenen Erkenntnisse?
Lazy sagt mal:

»Da war es so gut zu spüren, dieses Unnennbare, das vor dreikommafünf Milliarden Jahren entstanden sein soll, vermutlich in der Tiefsee, dieses Sonderbare, das man nicht fabrizieren kann, dieses Unbegreifliche, das Milliarden Formen hat und einen einzigen Inhalt: das Leben.«

Das große Staunen über das Phänomen »Leben« habe ich mit Lazy gemeinsam. Aber sonst bin ich weder Lazy noch Vita, ich bin keine meiner Figuren und möchte es auch nicht sein. Ich habe mein eigenes Leben, und meine Erkenntnisse sind noch immer nicht definitiv.

Interview: Elke Kreil

Angelika Waldis ist 1940 geboren und denkt immer noch, sie sei nicht alt. Sie ist in Luzern aufgewachsen, hat an der Universität Zürich eine Weile studiert (Anglistik/Germanistik), ist aber bald abgehauen in den Journalismus und in die Ehe mit ihrer ersten Liebe, dem Gestalter Otmar Bucher. Mit ihm hat sie einen Sohn, eine Tochter und eine Jugendzeitschrift gemacht. Heute hat sie drei Enkel sowie Freuden und Ängste beim Bücherschreiben. Ihr Roman »Aufräumen« (2013) war in der Schweiz ein Bestseller. Was sie häufig tut: in Gartenerde wühlen, mit Wörtern spielen, sich über dumme Zeitgenossen ärgern, neugieren und staunen.

Mehr zur Autorin unter www.angelikawaldis.ch

Verlagsgruppe Random House FSC® N001967
Das für dieses Buch verwendete Papier
ist FSC® zertifiziert.

Wunderraum-Bücher erscheinen im
Wilhelm Goldmann Verlag, München,
einem Unternehmen der Random House GmbH.

1. Auflage
Originalveröffentlichung August 2018

Umschlaggestaltung und Konzeption: buxdesign | München
Umschlagmotiv: © Alina Rudi/EyeEm/Getty Images;
Tim Hall/Getty Images
Satz: Buch-Werkstatt GmbH, Bad Aibling
Druck und Bindung: GGP Media GmbH, Pößneck
Printed in Germany
ISBN 978-3-336-54797-5

www.wunderraum-verlag.de

Auf Wiedersehen im
WUNDERRAUM

www.wunderraum-verlag.de